A CONDESSA CEGA E A MÁQUINA DE ESCREVER

Carey Wallace

A CONDESSA CEGA E A MÁQUINA DE ESCREVER

Uma história da Itália do século XIX

Tradução de Geni Hirata

Título original
THE BLIND CONTESSA'S NEW MACHINE

Copyright © 2010 *by* Carey Wallace
Todos os direitos reservados.

Esta é uma obra de ficção. Nomes, personagens, lugares e incidentes são produto da imaginação da autora e qualquer semelhança com pessoas reais, vivas ou não, estabelecimentos comerciais, acontecimentos ou localidades é mera coincidência.

Edição brasileira publicada mediante acordo com a autora,
a/c Baror International, Inc., Armonk, Nova York, EUA.

Excerto de "Elegy" extraído de *Collected Poems 1957-1982*,
de Wendell Berry. *Copyright* © 2005 *by* Wendell Berry.

Direitos para a língua portuguesa reservados
com exclusividade para o Brasil à
EDITORA ROCCO LTDA.
Av. Presidente Wilson, 231 – 8º andar
20030-021 – Rio de Janeiro – RJ
Tel.: (21) 3525-2000 – Fax: (21) 3525-2001
rocco@rocco.com.br
www.rocco.com.br

Printed in Brazil/Impresso no Brasil

CIP-Brasil. Catalogação na fonte.
Sindicato Nacional dos Editores de Livros, RJ.

W179c Wallace, Carey, 1974-
A condessa cega e a máquina de escrever: uma história da Itália do século XIX/Carey Wallace; tradução de Geni Hirata. – Rio de Janeiro: Rocco, 2011.
13x19cm

Tradução de: The blind contessa's new machine.
ISBN 978-85-325-2713-4

1. Romance americano. I. Hirata, Geni. II. Título.

11-6110
CDD–813
CDU–821.111(73)-3

À minha mãe:
sua viagem à Itália

*Enquanto não amanhece, diga do pássaro cego:
Seus pés estão presos na escuridão, ou ele voa
a distância que seu coração quiser
na escuridão de seus olhos.*

– WENDELL BERRY, "Elegia"

No dia em que a *contessa* Carolina Fantoni se casou, apenas uma única pessoa sabia que ela estava ficando cega, e não era seu noivo.

E não foi por falta de aviso.

– Estou ficando cega – ela revelara subitamente à mãe, na oportuna penumbra da carruagem da família, os olhos ainda brilhantes de lágrimas do cáustico sol de inverno. Por esta época, ela já perdera a visão periférica. Carolina pôde sentir a mãe segurar sua mão, mas teve que se virar para ver o seu rosto. Ao fazê-lo, a mãe beijou-a, os próprios olhos cheios de compaixão.

– Eu também já estive apaixonada – ela disse, desviando o olhar.

❧

– Papai – Carolina dissera.

Seu pai pousou a lente de aumento sobre o mapa desenrolado à sua frente. Um tristonho monstro marinho assomou por baixo da lente. Embora estivessem no meio do dia, a cegueira velava as estantes que se erguiam atrás de seu pai em uma falsa obscuridade. Somente a ampla janela acima da cabeça dele e a própria escrivaninha ainda podiam ser vistas com clareza.

— Vovó estava cega quando morreu — comentou Carolina.

Seu pai balançou a cabeça.

— E por muitos anos antes disso — ele disse. — Mas eu não acreditava inteiramente nisso. Era como se ela tivesse outro par de olhos escondido em uma caixa. Ela sabia de tudo.

— Ela alguma vez lhe contou como isso aconteceu? — perguntou Carolina.

Seu pai meneou a cabeça.

— Eu era muito novo na época.

— Acho que talvez eu esteja ficando cega — disse-lhe Carolina.

Seu pai franziu a testa. Após considerar a informação por um instante, abanou a mão diante do rosto. Quando os olhos dela seguiram seu movimento, ele exibiu um amplo sorriso.

— Ah, mas ainda não ficou!

❦

Ela contara a Pietro no jardim, quando a mãe os deixou a sós por alguns instantes sob um céu cheio de estrelas, que Carolina podia extinguir ou trazer de volta à existência com um simples movimento da cabeça.

Pietro rira sem parar.

— O que você vai me dizer em seguida? — ele lhe perguntara, entre um beijo e outro. — Imagino que também pode voar, não? E se transformar num gato?

– Há coisas que já não consigo ver – ela insistiu. – Nas bordas da visão.

– Agora você vai me dizer que se esqueceu de como beijar – Pietro disse, beijando-a outra vez.

※

Naqueles primeiros dias, Carolina media suas perdas pelo tamanho de seu lago. Seu pai represara um trecho do pequeno rio que serpeava pela propriedade como um presente para sua mãe no quinto aniversário de casamento. Porém, amador nessas coisas, ele conseguira apenas dragar desajeitadamente o pântano ao redor. A massa de água resultante, de trinta passos de comprimento e metade disso de largura, em nenhum ponto era suficientemente funda para uma pessoa ficar de pé inteiramente submersa. Sua jovem esposa, ainda saudosa do mar, andara lealmente pelo terreno encharcado com ele no dia de seu quinto aniversário de casamento, mas jamais retornara ali voluntariamente. Assim, quando Carolina fez sete anos, seu pai espalhou bancos de pedra pelos gramados das margens, encheu a superfície do lago de barcos iluminados com lanternas e transformou-o em um novo presente para a filha.

Desta vez, foi recebido com gratidão, com uma apreciação que se manifestava, no começo, como tirania: Carolina já desenvolvera uma paixão pela solidão e, desde o dia de seu aniversário de sete anos, exigiu permissão para visitar o lago, a oitocentos metros da casa, através de pinheiros cobertos de trepadeiras, inteiramente desacompanhada. Afinal, argumentou, o que mais poderia significar ser dono de alguma coisa?

Completamente vencido por esse raciocínio, o pai concordou, apesar dos receios da mãe que, após longos anos de descaso, haviam finalmente caído por terra e começado a emergir novamente como insônia, esquecimento e temores realmente terríveis.

Daí em diante, tornou-se um hábito diário de Carolina caminhar até o lago, às vezes prateado com a chuva, às vezes negro, às vezes cinzento, às vezes gelo sólido, transparente ou leitoso, dependendo da rapidez com que o congelamento se dava. Quando tinha dez anos, a chegada do inverno havia sido tanto rápida quanto brutal, de modo que o lago conservou uma limpidez estranha que permitia a Carolina ver até o fundo em determinados trechos, revelando os mistérios de sua propriedade aquífera: os galhos afundados, as ervas verdes, os redutos dos peixes, em forma de tigelas vazias, e o canal mais profundo do leito original do rio represado. Com uma vassoura emprestada da criada da cozinha para afastar a neve, Carolina passava horas em sua inspeção, o rosto vermelho e os lábios azuis quando chegava para o jantar naquele inverno.

Naquela primavera, sua mãe insistiu com seu pai para que construísse alguma espécie de abrigo na margem, e ele ergueu uma cabana de um único cômodo, de madeira sem pintura, tingida de vermelho, a alguns passos da água. A luz penetrava na cabana através das vidraças das janelas instaladas nas quatro paredes. Uma coleção de tapetes gastos cobria o assoalho, a mobília era escassa: um velho sofá recoberto com colchas de retalhos de veludo, uma escrivaninha e uma cadeira. O cômodo era pequeno. Parado no centro dele, com os braços estendidos, o pai de Carolina quase podia tocar as duas paredes. Uma lareira aberta ao pé de uma fina chaminé e protegida por uma tela ornamentada com sereias de bronze, outro presente bem-intencionado, mas malsucedido, de seu pai para sua mãe, que considerava todo lembrete do mar não um conforto, mas um motivo de pesar.

Depois que a cabana foi construída, a casa grande perdeu inteiramente o interesse para Carolina. Ela passava mais noites do que restava de sua infância no sofá da cabana do que na própria cama, enterrada como um rato do mato de olhos negros em pilhas de veludo grosso, ou nua no calor do sol de verão deixado como recordação depois do anoitecer. Nas noites quentes, ela escancarava as janelas e pregava xales finos sobre elas para barrar os insetos. Do lado de fora, as rãs e os pássaros cantavam suas bazófias, esperanças e ameaças.

Por ter conhecido o lago pela primeira vez com os olhos de uma criança, Carolina acreditou por algum tempo que o fato de já não poder abarcar o lago inteiro com um único olhar fosse apenas mais uma das muitas peças que seu corpo lhe pregara na misteriosa operação de transformá-la em uma moça. A igreja, a distância até a cidade e a grandiosa extensão antes infinita do salão de baile, tudo havia encolhido conforme ela crescia. Por que haveria de ser diferente com o lago?

Mas pouco depois de ter completado dezoito anos, mais ou menos na época em que ela e Pietro ficaram noivos, o problema com o foco nas bordas do seu campo de visão aumentou significativamente. Ela já não conseguia reconhecer figuras em uma dança enquanto não se voltasse diretamente para elas. Ao mesmo tempo, sua vista sofreu uma contração, como se algum espírito invisível tivesse colocado as mãos em concha de cada lado de sua cabeça, bloqueando sua visão à direita e à esquerda. O resto se perdia na escuridão.

※

Turri, é claro, compreendeu imediatamente. Ele ergueu as mãos nos dois lados do próprio rosto.

– Assim? – ele perguntou.

Carolina balançou a cabeça afirmativamente.

Por um instante, seus olhos azuis arregalaram-se de preocupação. Então, mudaram. Ele continuou olhando diretamente para ela, mas o foco de seu olhar estava em algo muito além dela, sua mente percorrendo os livros de uma biblioteca invisível. Carolina detestava aquela expressão: às vezes, passava em um instante, mas geralmente significava que ela o perdera para seus pensamentos pelo resto da tarde.

Por agora, entretanto, ele ainda reunia provas.

– Há quanto tempo? – ele quis saber.

– Meio ano – ela respondeu. – Desde antes do Natal.

Além da seda pregada nas janelas da casa do lago, um pássaro de verão entoou algumas notas, em seguida recaiu em silêncio.

– Já li sobre isto – comentou Turri. – A cegueira pode vir dos cantos ou do centro.

– Do centro? – repetiu Carolina.

– Como um eclipse, no centro de sua visão. Mas é permanente. E a escuridão se expande a partir daí.

– Mas no meu caso está vindo de fora – declarou ela.

– É o outro tipo.

Lágrimas assomaram aos olhos de Carolina. Ela deixou que turvassem sua vista, grata por uma cegueira que podia limpar com um movimento do pulso. Quando as lágrimas passaram, Turri permaneceu sentado, fitando-a, como se ela fosse um novo problema de matemática.

– Quanto tempo? – ela perguntou.

– Tenho certeza de que varia em cada caso.

Quando ela não desviou os olhos, ele abaixou os seus.

– Posso descobrir – disse Turri.

– Obrigada.

– Já contou a Pietro? – ele perguntou.

Ela balançou a cabeça, confirmando.

Turri analisou-a por mais um instante, em seguida deu uma risada curta.

– Mas ele não sabe.

Ela meneou a cabeça, indicando que não.

Turri tomou sua mão.

Desta vez, ela permitiu.

Carolina e Turri encontraram-se pela primeira vez quando ela era uma menina de seis anos e ele tinha dezesseis. Sua mãe decidira naquela primavera que Carolina já tinha idade suficiente para comparecer ao baile da floração dos limoeiros de seu pai, que ele realizava todos os anos quando seus arvoredos de folhas enceradas explodiam em flores, para assinalar sua gratidão ao novo sol da primavera, aos santos ou a quaisquer deuses que ainda pudessem estar à espreita nas velhas colinas. Carolina tivera permissão de escolher o tecido de seu próprio vestido: um brocado azul da cor do ovo de um pintarroxo, enfeitado com renda branca da exótica e inconcebivelmente distante Suíça. Ela passou uma dúzia de tardes no ateliê da costureira, onde o ar era denso de partículas cintilantes de poeira e do aroma de lírios e flores de manjericão que vinha do aposento ao lado, onde as criadas arrumavam as flores que haviam colhido no quintal. Enquanto Carolina observava, a velha e paciente senhora cortou o tecido para o corpete e para a pequena saia em forma de sino, depois alinhavou tudo, trazendo à vida o traje em miniatura, a agulha em seus dedos tortuosos passando a linha pelas dobras do tecido com tal rapidez que Carolina às vezes a perdia de vista.

Quando o vestido ficou pronto, três dias antes da festa, Carolina teve medo de morrer de alegria. A velha senhora pendurou-o em seu armário, onde ele brilhava ao sol da manhã como um pedaço do céu. Durante aquelas três noites, Carolina só conseguiu dormir espasmodicamente. Frequentemente, deslizava da cama para se certificar, pelo tato, de que o vestido ainda estava lá e que ela não estava sendo enganada pelos seus sonhos, como tantas vezes acontecia. Embora tivesse permanecido de pé por muitas horas sem se queixar, enquanto o vestido era medido e ajustado, ela recusou-se a experimentá-lo depois de terminado, em parte guardando a ocasião como guardaria uma bala no bolso até o final do dia e em parte aterrorizada com a desconhecida, mas sem dúvida profunda mudança que se passaria com ela no instante em que o vestisse.

No entanto, apenas uma hora depois de iniciada a festa, ela se viu imprensada contra a parede no salão de baile dos pais, esquecida. O ar estava sufocante e enjoativo com o cheiro de milhares de flores de limoeiro, ramos que os empregados do pai haviam podado naquele dia para manter as velhas árvores saudáveis e forçá-las a produzir mais frutos. Bem acima de sua cabeça, os amigos de seus pais cacarejavam como galinhas, entre cumprimentos e mexericos. Alguns, quando entraram, seguraram sua mão e observaram o quanto ela estava bonita. Alguns chegaram até a ousar dar uns tapinhas de afago em sua cabeça. Mas agora ela estava perdida no meio de um mar pouco amistoso de saias e pernas sussurrantes.

Então, um par de pernas parou bem diante dela.

Carolina atirou a cabeça para trás.

Um garoto alto, de cabelos castanho-claros e olhos azuis luminosos, examinou-a de cima a baixo por um instante. Então, para seu assombro, sentou-se ao lado dela no assoalho de parquê extremamente lustrado sem tomar nenhum cuidado para proteger suas elegantes calças pretas. Com ele sentado e ela de pé, seus rostos ficaram aproximadamente no mesmo nível. O rapaz não lhe dirigiu a palavra.

Carolina esforçou-se para pensar rápido.

– Está cansado de dançar? – perguntou-lhe após um instante.

– Não sou tão bom em dançar para ter me cansado – respondeu o rapaz.

Seus modos pareciam suficientemente sinceros para satisfazer Carolina, e a lógica do que ele dissera lhe agradou, apesar do fato de achar sua compreensão difícil. Ela balançou a cabeça com ar grave.

O rapaz olhou para a multidão girando vertiginosamente.

– O que acha desta festa? – perguntou ele.

Por um instante, Carolina vasculhou a mente em busca de uma mentira expressiva, mas sua empolgação com a verdade logo a dominou.

– Este é meu primeiro baile – confessou, observando-o atentamente para ver a reação que um fato de tal peso exigia.

Não ficou decepcionada. Os olhos do jovem arregalaram-se. Ele balançou a cabeça devagar, captando o significado de sua declaração, como se ela, como suspeitava, mudasse tudo.

Então, um movimento na multidão chamou a atenção do rapaz. Carolina seguiu a direção de seu olhar para cima, até o rosto de uma jovem decidida, em um vestido lilás, abrindo caminho entre um amontoado de convidados a alguns passos de distância de onde estavam. Ela procurava alguma coisa. Isso não pareceu nada de extraordinário para Carolina, mas assustou o rapaz. Ele encolheu-se contra a parede. Como a parede atrás dele não cedeu, olhou para Carolina em busca de ajuda. As sobrancelhas de Carolina uniram-se enquanto ela devolvia o olhar, tentando compreender qual era o problema dele, para que pudesse saber o que lhe oferecer.

Então, o rapaz pareceu recobrar o bom-senso. Desajeitadamente, ele se levantou.

Carolina inclinou a cabeça para vê-lo em toda a sua altura.

Ele fez uma elegante reverência.

– Você está linda esta noite – disse a ela. – Como se tivesse acabado de cair do céu. – Levantou sua pequena mão, inclinou-se para beijá-la e desapareceu na multidão.

Carolina observou-o se afastar. A seguir, disparou pelo meio de uma pequena floresta de pernas de calças envolta numa nuvem de aromática fumaça de charuto e foi serpeando pela multidão junto ao bufê de bolos e doces. Logo depois destes, a enorme tigela de cristal de sua mãe presidia a cabeceira da mesa, cheia de limonada ácida. Um punhado de fatias amarelas girava preguiçosamente em sua superfície. Ali, ela avistou o jovem outra vez. A garota de vestido lilás conduzia-o pela mão para a pista de dança.

Esquecendo seu vestido por um instante, Carolina agachou-se por baixo das pesadas dobras de tecido da toalha que cobria a mesa. Emergiu ao lado de Renato, um antigo criado com um nariz parecendo um pedaço de marzipã derretido, que – ela também descobrira recentemente – possuía o dom de trançar punhados de trevos em coroas de flores.

– Renato – ela perguntou, apontando –, quem é aquele que está sendo puxado como um cão malcriado?

Renato seguiu a linha de seu dedo fino. Então, riu com a leve exasperação que os adultos geralmente reservam para uma criança de quem não se pode esperar que saiba das coisas.
– É o jovem Turri – ele lhe disse.

※

A pequena barragem que seu pai havia construído para represar o rio original ficava no outro extremo do lago de Carolina. Logo depois da represa, o rio tornava-se um córrego límpido e pedregoso que mergulhava na floresta e corria para as terras de Turri, emergindo para se tornar a fita cintilante ao pé do quintal dos Turri. A residência deles propriamente dita ficava fora de vista, do outro lado da próxima colina, de frente para a mesma estrada de terra dourada da casa do pai dela.

Isso fazia de Turri um dos vizinhos mais próximos de Carolina, e, depois de seu primeiro encontro, ela às vezes o reconhecia na estrada quando ele passava em frente à sua casa. Fora o lago, seu lugar favorito era uma janela em forma de nicho no segundo andar da casa de seu pai, de onde podia observar atentamente o tráfego da vizinhança. Toda figura que passava pela estrada tinha um papel em um complicado drama em andamento, que ela construía a partir de quaisquer detalhes que conseguisse colher a respeito daquela pessoa em determinado dia. Turri era um personagem preferido nessas cenas dramáticas. Em absoluto contraste com o interminável desfile de plácidas velhinhas carregando suas invariáveis cestas de limões e ovos, ele observava as nuvens e tropeçava nas pedras. Ele perseguia coisas voadoras com seu chapéu. Ele dava paradas bruscas por nenhum motivo aparente. Além disso, invariavelmente tinha consigo vários acessórios de palco para compor a cena: um par de camundongos marrons em uma gaiola de arame; uma vela grossa que soltava fagulhas e vapor, mas não se apagava na chuva; um cesto de penas que o vento alcançou e espalhou no momento em que ele desaparecia por cima de uma elevação, produzindo o efeito de que algum encantamento o havia transformado em plumas esvoaçantes.

Mas eles não conversaram outra vez até Carolina ter dez anos, quando ela o descobriu parado sob o sol forte à margem dessa mesma estrada, olhando fixamente para o que parecia ser um amontoado de vestidos e gravetos, enfeitado aqui e ali por pedaços do mesmo cordão que ela vira o jardineiro usar para amarrar os galhos folhosos dos pés de ervilhas.

Naquele dia, Carolina estivera empenhada em suas próprias explorações. Recentemente, havia percebido que a maior parte do que os adultos lhe diziam sobre o mundo não era verdade. Sua mãe raramente estava cansada, como alegava: apenas preferia passar os dias em seus próprios aposentos a falar com Carolina ou com seu pai. Esse fato levou Carolina a começar a testar outras alegações. Ela deslanchou todo um fluxo de imprecações já ouvidas em uma bancada de narcisos imprestáveis e descobriu que sua língua, na verdade, não ficara preta. Ela dormiu com uma moeda que o pai lhe dera embaixo do travesseiro por uma semana, em seguida levou-a cuidadosamente até o lago e atirou-a na água, mas um barco em forma de cisne não emergiu dos círculos concêntricos que se espalharam pelas águas escuras, como o pedido que ela fizera.

Em consequência, Carolina resolvera testar os limites imediatos dos arredores. Ela sabia que a estrada seguia por cima da colina até a vila dos Turri, pela qual já passara centenas de vezes. Mas na direção oposta a estrada bifurcava. Um caminho levava ao vilarejo que às vezes visitava com a mãe para comprar livros ou tecido. O outro penetrava na floresta do pai, mas a carruagem da família nunca entrara por ali, na lembrança de Carolina. Da janela da carruagem, ela pôde apenas vislumbrar as copas roçando uma vereda sombria. Então, o caminho misterioso fazia uma curva abrupta e desaparecia na floresta.

– Para onde vai? – Carolina perguntara havia algumas semanas, afastando as grossas cortinas da carruagem.

– Para lugar nenhum, querida – sua mãe lhe dissera. – Pode ter levado ao rio, um dia. Mas não há nada lá agora.

Essa resposta apenas atiçou as suspeitas de Carolina. Sua mãe também lhe dissera que não havia nada no velho barracão do jardineiro, mas, depois de uma investigação, Carolina descobrira que o lugar estava abarrotado de tesouros: vasos cheios de vidro colorido, pacotes de papel pardo decorados com desenhos de flores e vegetais, aniagem suficiente para fazer um vestido de casamento, além de teias de aranhas tão grandes que poderiam prender uma criança.

Decidida a ver por si mesma aonde o caminho levava, Carolina atravessou resolutamente o terreno gramado do pai e encetou com passos firmes sua expedição para dentro da floresta que ocupava aquela parte da propriedade, usando um sistema que havia desenvolvido para não caminhar em círculos nos bosques, uma sina, ela sabia, que acometia com frequência os viajantes menos espertos. Muito simplesmente, ela ia de árvore em árvore, sempre escolhendo uma ligeiramente para leste, que era por onde ela julgava que a estrada devia passar. No entanto, apesar de seu novo sistema e algum autocontrole admirável em resistir aos apelos de inúmeras flores intrigantes que acenavam de fora de seu trajeto escolhido, ela emergiu dos arbustos ainda com o seu próprio portão à vista.

Sua decepção foi interrompida quase imediatamente pela visão de Turri e sua máquina.

– O que ela faz? – gritou, escolhendo o caminho através dos talos de mudas de árvores que haviam corajosamente fincado raízes na grama ressecada entre a estrada e a floresta.

Turri ergueu os olhos para ela por um instante e depois retomou a observação dos destroços.

– É uma armadilha para anjos – ele disse.

Antes que Carolina pudesse decidir se aquilo era uma piada, uma mentira ou alguma nova categoria, a pilha de seda e gravetos irrompeu em chamas.

Por um longo instante, um fogo azul-claro e dourado varreu as dobras delicadas do tecido, acariciando-o sem consumi-lo. Em seguida, os gravetos começaram a estalar e o emaranhado contorceu-se e queimou.

Carolina saltou em cima da pilha, batendo os pés furiosamente. Após apenas alguns passos de sua estranha dança, o fogo foi extinto. Ela ficou parada sobre as ruínas da máquina, o fantasma do fogo erguendo-se como uma leve fumaça ao redor de seus joelhos nus, e olhou para Turri.

Ele devolveu o olhar com o interesse repentino e aguçado de um cientista cujo espécime foi suficientemente insensato para revelar alguma característica extraordinária: um pássaro repetindo o nome que ele balbuciara durante o sono, um camundongo esforçando-se para se levantar sobre duas patas, um peixe que se ilumina quando o sol penetra no mar.

Perturbada com aquele olhar, Carolina saiu de cima dos destroços.

– Espero não ter quebrado nada – disse ela, refugiando-se na cortesia daquele território completamente desconhecido.

Turri riu.

Os olhos de Carolina estreitaram-se. A risada inexplicável dos adultos sempre a deixava furiosa.

Diante da mudança de sua expressão, Turri se recompôs imediatamente.

– Não estou rindo de você – disse. – Eu não ousaria. Você seria capaz de me fulminar com um raio.

Com isso, ele se ajoelhou e começou a enrolar o que restara de sua experiência, fazendo uma trouxa da grossura de um homem e quase da mesma altura. Quando ele se pôs de pé, puxou-a com ele, sustentando-a em pé na estrada. O emaranhado de gravetos e tecidos deu o efeito geral de um querido espantalho, espalhafatosamente enfeitado para ser enterrado.

Pareceu ligeiramente surpreso em descobrir que Carolina não havia desaparecido da cena.

– Eu sei o seu nome? – ele perguntou.

– Carolina – ela disse.

– Carolina – ele repetiu. Em seguida, inclinou a cabeça com toda a dignidade de um adulto reconhecendo uma dívida com outro. – Obrigado.

Carolina, por sua vez, inclinou a cabeça em resposta.

Quando Turri se virou para ir embora, ela entrou novamente na sombra das árvores. Nada quebrava o silêncio da tarde luminosa, exceto o ruído das botas de Turri. Uma tira de seda turquesa escapou da trouxa e foi se arrastando pela estrada, levantando uma leve pluma de poeira dourada em seu rastro.

❧

Turri, quando chegou a época de se casar, era amplamente considerado um marido inadequado pelas moças da sua idade. Durante anos, ele as havia atormentado com suas perguntas, brincadeiras e invenções. O caso mais famoso foi quando prendeu duas beldades locais no alto de um plátano durante a maior parte de um dia quando o primitivo elevador de roldana que estava ajudando Turri a testar escangalhou sob o peso de dois robustos rapazes que esperavam juntar-se a elas na reclusão das folhagens. Conforme as jovens contaram, quase não sobreviveram ao suplício. Enquanto Turri trabalhava febrilmente para substituir as tábuas quebradas e consertar o mecanismo retorcido, a hora do almoço passou. Agora zonzas de fome, as jovens haviam sobrevivido apenas agarrando as maçãs silvestres e os lenços cheios de cerejas que seus pretendentes heroicamente lhes atiravam nos galhos elevados.

Isso foi um assunto lendário, mas Turri também possuía uma fileira de crimes menores em seu nome. Para o aniversário de quinze anos de Loretta Ricci, ele havia criado estranhas velas negras que ardiam com uma chama verde. Foram a sensação da noite, até começarem a falhar e lançar fagulhas, chamuscando os cabelos e vestidos de meia dúzia de moças antes de uma criada mais desembaraçada afogar as velas restantes no ponche. Ele havia ensinado o pássaro da *contessa* Santini a contar até cem, após o que a criatura ficou tão presunçosa que se recusava a cantar. A condessa Santini, não aguentando mais a permanente contagem de cada segundo de sua vida, finalmente abriu a janela e sacudiu a pobre criatura para fora de sua gaiola, condenando-a a uma liberdade em que, todos concordavam, não se podia esperar que suas façanhas intelectuais a protegessem do vento e da chuva. Pior ainda, Turri não tinha nenhuma ambição discernível e só usava seus bons modos segundo seu estado de espírito, tornando suas frequentes gafes sociais ainda mais imperdoáveis.

Mas o amoroso coração das moças pode perdoar muito mais do que palavras ásperas e, embora fossem essas as razões que as jovens murmuravam entre si ou apresentavam a seus pais com os olhos marejados de lágrimas, as raízes de sua relutância em se casar com Turri advinham de uma centena de impressões menos significativas que as próprias moças mal conseguiam exprimir, em parte porque quase não valia a pena mencioná-las. Às vezes, seus olhos se iluminavam quando conversava com uma jovem, não por causa de uma terna revelação ou uma expressão espirituosa, mas de uma curiosidade sobre um cristal em suas joias ou uma flor exótica em um jarro próximo. Seu rosto geralmente permanecia inexpressivo quando todos à sua volta desatavam a rir. Mais enervante ainda, ele frequentemente parecia estar atento a cada palavra de uma jovem para logo em seguida demonstrar, quando perguntado, não ter ouvido nada do que ela dissera.

E, apesar de parecer não conseguir manter o fio de uma conversa na sociedade educada, quando uma jovem, por pura coincidência, tropeçava em um assunto do interesse dele, sua noite estava acabada. Ele era capaz de arruinar todo um baile, conversando durante horas sobre minas de sal, constelações, metalurgia, lagartos, com a confiança inocente de uma criança convencida de que todas as demais pessoas achavam o mundo tão estranho e fascinante quanto ele.

Isso colocava um problema para os pais de Turri, mas não do tipo que a família desconhecesse. A linha de sucessão dos Turri era conhecida por produzir homens de dois tipos distintos. A maioria era de diligentes administradores que haviam transformado as terras da família em algumas das mais ricas da região por meio de inovações criteriosas e de um excepcional talento para números. O pai de Turri era um notável exemplo deste tipo: muito respeitado, apesar de sua notória timidez, ele inspecionava pessoalmente suas vastas plantações de grãos, em vez de deixar a tarefa nas mãos de supervisores, e também foi responsável por melhorar e expandir o sistema de irrigação meticulosamente planejado que seu avô havia introduzido na propriedade meio século atrás.

Porém, em uma indefectível minoria de homens Turri, essa tendência para a inovação produzia completos sonhadores do pior tipo possível: aqueles com a energia, capacidade e intelecto para infligir suas fantasias ao resto do mundo. Foram esses os ancestrais Turri que haviam cortado quatrocentos metros de terraços em que a residência dos Turri se erguia até o rio lá embaixo no sopé do monte e que, em uma geração posterior, projetara o mais sofisticado sistema de fornecimento de água que a região já vira, não para irrigar nenhuma plantação, mas para tirar água do rio e levá-la até o topo da colina, de modo que pudesse descer em cascata pelos terraços até o rio outra vez. Foram esses sonhadores que destruíram campos de trigo para plantar açafrão ou seringueiras, alojaram seus cavalos lado a lado com pavões e lhamas, e até convenceram um dos pacientes antepassados de Carolina a permitir que maçãs, ameixas e até mesmo ramos floridos de roseiras fossem enxertados em seus inocentes limoeiros. Mas Turri, filho único, era o pior caso dessa doença que a linhagem Turri já produzira, e as famílias próximas podiam ver isso.

Assim, seus pais foram forçados a fazer um acordo. Como Turri, Sophia Conti vinha de uma boa família e era inegavelmente bonita. Mas sua mãe era inválida desde quando Sophia era criança e não havia como negar que ela se tornara uma jovem impetuosa e desregrada. Antes mesmo de os rapazes de sua idade começarem a prestar atenção nela, Sophia preferia a companhia dos homens, pairando atrás da cadeira de seu pai enquanto ele e seus amigos discutiam os méritos de seus cavalos preferidos ou se altercavam a respeito de política. Embora seu pai ignorasse seus carinhos e os pensamentos infantis que ela lhe sussurrava, ela descobriu que seu belo sorriso rapidamente lhe angariava o afeto de muitos dos outros homens, que a mimavam quando ela parava junto a seus joelhos. Quando, por fim, desabrochou na adolescência, estava bem familiarizada com a mente de um homem e como manipulá-la. Com apenas catorze anos de idade, correu o boato de que fora ela o motivo para o rompimento do noivado de Regina Mancini, quando a família Mancini não pôde mais fingir ignorar as flagrantes atenções públicas que o noivo de Regina prestava a Sophia. Não havia nenhum modo de Sophia sair incólume do escândalo. Casar-se com o sujeito seria admitir que ela havia encorajado sua deserção do noivado com Regina. Mas sua recusa às súplicas desesperadas do rapaz a marcaram, mesmo a uma idade tão tenra, como uma criatura perigosa, isenta do respeito natural que uma jovem deveria ter pelos laços sagrados do matrimônio.

Não que Sophia fizesse qualquer tentativa de corrigir essa impressão. Na verdade, seu domínio sobre os homens tornou-se ainda maior após o incidente. Eles se amontoavam ao seu redor nas festas e brigavam quando se encontravam à sua porta para lhe apresentar seus respeitos. Num dado momento, meia dúzia deles clamava ser seu favorito, apresentando várias bugigangas como prova de sua devoção: um lencinho de renda, uma flor amassada, uma fita preta. Mas outras tantas histórias circulavam a respeito de suas indiscrições. Ela desaparecia com homens em cima de telhados e dentro de quartos de vestir. Ela emergia do meio das árvores com eles, suas joias tortas. Quando tinha dezessete anos, já havia recebido nove propostas sinceras, mas nenhuma delas sobrevivera ao escrutínio das famílias dos rapazes em questão.

Completamente inadequados um para o outro, Turri e Sophia eram também a única esperança mútua para um casamento apropriado em seu pequeno círculo. A união dos dois foi prática e repentina: casaram-se em poucas semanas após as negociações de seus pais, quando Turri tinha vinte e cinco anos e Sophia, vinte. Seu filho, Antonio, nasceu menos de um ano depois, e a questão se ele seria filho de Turri foi amplamente, e quase abertamente, discutida.

Mas não havia dúvidas quanto à devoção de Turri ao menino. Antes mesmo de Antonio ter idade para andar, os vizinhos surpreendiam-se de ver Turri carregando-o nos ombros pela margem da estrada ou vagando pela margem do rio, explanando seriamente sobre novos pensamentos em teologia ou controvérsias modernas sobre estrelas.

– Ele queria trazer Antonio – Sophia brincou amargamente em uma festa no ano seguinte ao nascimento do filho. – Mas por enquanto ele só lhe ensinou latim, não a dançar.

Como seria de se esperar, quando Antonio de fato começou a falar, era uma criança estranha. A primeira palavra que pronunciou foi *romã*; a segunda, *telescópio*; e, para desconsolo de sua mãe, ele só pronunciou seu nome meses depois de ter começado a dizer *papai*, uma palavra que aplicava indiscriminadamente a Turri, sua babá, o jardineiro, o cavalariço e o ajudante do estábulo, bem como aos enormes bandos de gralhas que de vez em quando pousavam nos gramados que cercavam a vila Turri.

※

Carolina tinha dezesseis anos e Turri estava casado havia menos de um ano quando ela saiu de sua casa no lago em uma fria manhã de primavera e se deparou com ele parado à beira d'água. Estava de costas para ela. No lago, nuvens de névoa que se ergueram da água à noite elevavam-se acima de sua cabeça.

Descalça no degrau mais alto, Carolina enrolou ainda mais a colcha de veludo ao redor dos ombros. A porta atrás dela fechou-se com uma batida.

Turri girou nos calcanhares, os olhos brilhantes.

Ao vê-la, pareceu perder a firmeza. Cambaleou alguns passos pela grama úmida até recuperar o equilíbrio. Quando o fez, ele ria.

– Achei que você fosse um urso – ele disse. – Minha ideia era esmagar seu focinho com aquela pedra. – Apontou para uma pequena pedra cinzenta na margem, lisa pelo desgaste e esquecida pelo rio.

– Não é muito grande – disse Carolina, de modo duvidoso.

– Os ursos têm o focinho extremamente sensível – disse-lhe Turri. – É sua única fraqueza. Minha outra hipótese é que você fosse um inseto gigantesco. Em algumas ilhas do Sul, há borboletas do tamanho de águias.

– Mas estamos na Itália – retrucou Carolina.

– Tinha me esquecido disso – retorquiu Turri. – Estava tentando pensar numa forma de capturá-la sem destruir suas asas.

– Mas onde você guardaria uma criatura desse tamanho?

– No meu laboratório – respondeu Turri, sem hesitação. – Em uma moldura com uma tela de mosquito esticada sobre ela, pendurada do teto.

Carolina considerou a resposta por um instante. Então, atacou outro problema.

– O que as borboletas comem? – perguntou.

– Nunca chegaria a esse ponto – disse Turri. – Eu construiria a moldura e a colocaria ali. Você se contorceria e bateria as asas, infeliz. Eu subiria até você outra vez, lhe daria o braço para você pousar nele e a levaria para a janela, onde a libertaria.

Carolina sentiu um aperto no estômago ao imaginar a longa queda do andar mais alto da casa dos Turri, até suas asas imaginárias a ampararem e carregarem para cima.

Turri encolheu os ombros.

– O mais provável, porém, é que elas não existam. Não se pode acreditar em tudo que se lê. Os antigos beberrões que pela primeira vez inspecionaram a América alegavam que os lagos da Virginia eram cheios de sereias.

Ao dizer isso, ele lançou um olhar para o lago com um ar estranhamente esperançoso. A neblina branca pairava sobre a água, impenetrável.

– Sinto muito – ele disse, quando voltou a olhar para ela.
– Invadi seus domínios. – A chama de sua história se extinguiu, ele pareceu repentinamente muito mais novo para Carolina. Seu rosto estava pálido, os olhos febris, a pele arroxeada abaixo deles, como um homem que não dormira a noite toda. Uma onda de compaixão percorreu-a.

– Meu pai diz que é impossível um vizinho invadir – disse ela, gentilmente.

Turri observou as curvas de seu corpo e os ângulos de seus cotovelos sob a colcha de veludo com algo mais do que o desejo que ela começara a reconhecer nos olhos dos rapazes mais velhos. Ele seguiu os contornos de sua figura como se ocultassem um segredo, algum significado inscrito por mão invisível, que ele tentava decifrar. Em seguida, seu olhar retornou aos olhos dela.

Carolina abaixou os olhos, confusa.

– É muita gentileza sua – ele disse.

❦

Turri levou-a ao pé da letra. Daquele dia em diante, ele se tornou um visitante habitual do lago. Mesmo quando seus caminhos não se cruzavam, ele deixava vestígios. Muitas das vezes, Carolina encontrava suas pegadas na lama das margens, mas em alguns dias ela chegava às primeiras horas da manhã e encontrava carvão ainda em brasa nas cinzas de sua lareira. Às vezes, ele havia mudado um ou outro objeto de lugar: podia deixar várias canetas perfeitamente alinhadas sobre a escrivaninha, todas as pontas afiadas voltadas para oeste, ou empurrar uma boneca de porcelana nos braços de um macaco de vidro, de modo que parecessem estar dançando. De vez em quando, encontravam-se quando Turri caminhava a esmo no final da tarde, ou a surpreendia dormindo no barco, flutuando à deriva por uma tarde úmida.

Ele era curioso a respeito de tudo, e sua curiosidade era lisonjeira. Carolina já havia descoberto que as pessoas raramente queriam respostas às perguntas que faziam, mas por fim compreendeu que, nos assuntos que o interessavam, Turri ouvia quase indefinidamente, interrompendo apenas para fazer outra pergunta. Ele queria saber a respeito de limões: quanto tempo as flores duravam no galho; o tempo que um botão levava para se transformar em fruto; qualquer forma estranha que o fruto pudesse adquirir; e se ela havia visto essas anomalias ou apenas ouvira falar. Tinha curiosidade sobre os peixes e os pássaros, que já estavam quase domesticados por causa do hábito de Carolina de levar um guardanapo cheio de migalhas de pão para espalhar quando chegava. Os peixes, particularmente, eram pedintes. Sempre que avistavam a sombra de um ser humano na água, aglomeravam-se ao redor do ancoradouro e ficavam esperando o pão cair do céu.

– Olhe isso – disse Turri. – Será que seria possível treiná-los? – Atirou o pedaço de uma folha na água. Ele caiu no centro de sua própria sombra e balançou-se ali por um instante, antes que um dos peixes, pequeno, mas rápido, se lançasse para reclamá-lo.

– A fazer o quê? – quis saber Carolina.

– Nadar em formação. Saltar em arcos.

A salvo sob a superfície, o peixe provava seu prêmio. Decepcionado, soltou o pedacinho de folha. A folha desprezada caiu lentamente através da água e desapareceu nas trevas que cobriam o fundo do lago.

No fim daquele verão, Turri começou a cortejar um arrojado pardal vermelho que, a julgar pela intensidade da cor de suas penas ainda perfeitas, devia ser novo demais para saber das coisas. A técnica de Turri era simples. Os pássaros já estavam acostumados a pegar pedacinhos de pão dos pés de Carolina e, no decurso de um único dia, acostumaram-se a Turri e seus pedacinhos de pão também. Depois, Turri começou a sentar-se na grama à beira d'água, espalhando as migalhas cada vez mais perto dele. Os pássaros mais conservadores voavam para longe toda vez que as migalhas moviam-se na direção de Turri, porém o mais esperto enfrentava o desafio centímetro a centímetro, finalmente bicando uma casquinha diretamente da palma da mão de Turri. Por volta de setembro, o pardal pousava em sua mão e, quando Turri estava ausente, Carolina às vezes acreditava avistar o pássaro pulando de galho em galho, assoviando impacientemente, com toda a irritação magoada de um amante que fora deixado esperando.

– Acha que ele vai se lembrar de nós no ano que vem? – perguntou Carolina.

– Não sei – respondeu Turri. O pássaro estava pousado na inclinação das costas de sua mão, bicando tentativamente um dos nós de seus dedos. – Presume-se que esta espécie seja impossível de domesticar.

De sua parte, Carolina tratava Turri mais ou menos como os peixes e os pássaros: parte da paisagem do lago, perfeitamente familiar, mas em permanente mudança. Se o encontrava na margem do lago quando acordava, quase sempre o cumprimentava rapidamente e em seguida retornava para dentro da casa para dormir ou ler por mais uma hora. Ela às vezes subia em seu barco e saía para o lago no meio de uma de suas histórias ou adormecia enquanto ele explicava alguma coisa, como se sua voz não fosse muito mais do que o som do vento nas folhas, agradável, mas sem importância. Quando Turri desaparecia por alguns dias, Carolina se indagava a seu respeito por um instante, mas não sentia sua falta, nem ele fazia parte de seus sonhos.

※

Esses, no momento, estavam tomados por Pietro, o filho único de uma família ilustre, cujas terras ficavam rio acima a partir do lago de Carolina, limítrofes à propriedade de seu pai. A mãe de Pietro morrera no parto de sua irmã mais nova, quando ele tinha apenas cinco anos. Na época, os notórios períodos de longo silêncio de seu pai tornaram-se permanentes, e os vizinhos teriam chegado com satisfação ao diagnóstico de loucura devido à dor da perda se ele não tivesse continuado a produzir vinhos de tão excelente qualidade. Sua teimosa insistência em manter o controle de um canto tão pequeno da realidade, ao mesmo tempo que parecia mandar todo o resto correndo alegremente para o inferno, deixava as pessoas agitadas. A ideia de uma mente sã trabalhando entre eles em silêncio por anos a fio sem jamais se revelar assustava alguns e enfurecia outros. Em represália, tanto tinham pena quanto mimavam seu filho.

Pietro era convidado para toda festa infantil, todo casamento, batizado e crisma, e mais tarde todo baile e a maior parte dos jantares. Desde criança, sempre foi bonito: mais alto do que as outras crianças em alguns centímetros e depois em uma cabeça inteira, com cachos escuros sobre os olhos escuros e a boca bem delineada, em geral estendida em um sorriso fácil. Tinha um fraco por marzipã, de modo que as criadas eram solicitadas a fazer a guloseima para as suas visitas, mesmo que não fosse Natal ou Páscoa. Uma canção que ele gostasse seria pedida por alguém em cada evento durante todo o resto da estação. Atingido tanto pelo carisma de Pietro quanto pela competição geral entre os rapazes do lugar para se superarem em agradá-lo, um de seus jovens amigos, ao ganhar um magnífico potro de presente de aniversário, na verdade insistiu que Pietro fosse o primeiro a dar uma volta com o animal pelo pátio, em vez dele próprio.

O encantamento de Pietro com essas atenções era contagiante e sua gratidão descomunal. Com absoluta sinceridade, dizia a toda família da região que a criada deles sem dúvida fazia os melhores doces num raio de muitos quilômetros. Após dar uma volta no novo potro do amigo, declarou-o o mais belo animal de toda a Itália. Todas as mães com quem ele conversava compreendiam-no melhor do que ninguém, todos os rapazes que conhecia eram corajosos, todas as jovens eram bonitas e todos os homens eram sábios. Com seu charme e com uma displicência a respeito de sua própria pessoa que advinha, talvez, da falta da mão acauteladora da mãe ou talvez da negligência do pai, ele facilmente assumiu a liderança entre os rapazes de sua idade. Era sempre o primeiro a subir em uma árvore, espreitar através de uma janela, vadear o rio ou cavalgar uma égua sequestrada do estábulo de um vizinho em determinada incursão.

Entre as moças, é claro, ele era um objeto de devoção mais fervorosamente adorado do que qualquer uma das frias estátuas de santos. Uma jovem podia viver semanas de um único olhar dele. Seus pequenos elogios e comentários espontâneos formavam uma nova escritura sagrada, e nas conversas ofegantes e noites solitárias, inebriadas de sonhos, construíam teologias inteiras a partir dela. Qualquer atenção verdadeira dedicada a uma jovem em particular – duas danças na noite, uma flor tirada de um arbusto para enfeitar seu vestido – era capaz de provocar lágrimas ou um ciúme doentio das outras. Em um caso específico, houve um desmaio, apesar de Pietro parecer abençoadamente alheio à razão do tumulto, mesmo quando o pai e o irmão da infeliz rapariga a carregaram da festa. Com isso, ele revelava uma falta de consciência de seus próprios poderes que só fazia aumentar o apreço que tanto as mulheres quanto seus amigos tinham por ele.

Pietro tinha apenas dezessete anos quando seu pai foi encontrado morto entre as longas fileiras de suas amadas videiras. Parentes acolheram a irmã mais nova de Pietro e casaram-na alguns anos depois com um militar pedante em uma cidade à beira-mar. Mas Pietro, o herdeiro nomeado, mas muito jovem para herdar, permaneceu na casa ancestral sob os cuidados de criados da família que havia muito tempo já tinham desistido de qualquer pretensão de desviá-lo de algum caminho que escolhesse. Obviamente, o resultado natural foi uma série de conquistas entre as criadas locais e filhas de pequenos fazendeiros. Mas Pietro nunca se aproveitou das jovens das famílias melhores, com uma delicadeza de sentimento de classe que seus pais só podiam encarar com aprovação. Entre as jovens de seu próprio círculo, Pietro era um perfeito cavalheiro, tão respeitoso que até exasperava as moças.

❦

A fascinação de Carolina por Pietro, no começo, não passava de um sintoma da idade. Aos dezesseis anos, sua ideia de amor era em grande parte um sonho: segredos confidenciados na proteção de jardins de rosas, cartas pregadas em árvores novas, resgate das garras de assaltantes de beira de estrada. Para esse fim, a distância, Pietro era a figura perfeita. Nenhum outro rapaz era tão alto quanto ele, nem tão bonito. Ao contrário dos outros jovens, ele nunca parecia indeciso, infantil ou preocupado que o cavalo que montava pudesse fugir de seu comando e partir de volta para o estábulo. Nenhum outro rapaz correra para o incêndio que consumira metade do silo dos Rossi em uma gélida noite de inverno, ao invés de fugir dele.

No verão em que Turri começou a visitar seu lago, quando Carolina tinha dezesseis anos, ela não tinha nenhuma razão para acreditar que fosse a preferida de Pietro. Mas tinha algumas parcas esperanças. Pietro sabia seu nome. Ele a convidara para dançar em uma festa no ano anterior e, várias festas depois, quando finalmente a convidara outra vez, ainda se lembrava dela. Ele elogiara seu vestido em um almoço ao ar livre. Na atual estação, ele aproveitara a oportunidade em um batizado para perguntar a Carolina se ela gostaria de um pouco de ponche. Quando respondeu que sim, ele voltou com um copo e conversou com ela durante vários minutos sobre suas opiniões a respeito de crianças, que ele acreditava serem tanto anjos quanto demônios, presos juntos sob a mesma pele.

O coração jovem e inocente de Carolina não pôde resistir. Desse momento em diante, passou a ser mais uma admiradora de Pietro: nas festas, observava cada movimento seu e perdia o fôlego se seus olhos se encontravam. A lembrança de um sorriso dele, guardada com carinho, podia fazer seu coração disparar durante dias a fio. Ele se erguia, altaneiro, no centro de todos os seus planos fragmentários, retornando para ela de alguma guerra ainda não declarada, cavalgando um cavalo negro por campos de neve estrangeira; avançando a passos largos para ela por uma fileira de videiras, um cacho de uvas pretas em cada mão; de pé ao seu lado no limiar da porta de um majestoso salão de baile, sua mão na dele, enquanto um criado anunciava seus nomes; um silêncio momentâneo e a multidão curiosa virava-se em conjunto para fitá-los.

No entanto, apesar da pureza de sua devoção a Pietro, seus pais franziam a testa às visitas de Turri ao lago. Um mês e pouco depois do primeiro aparecimento de Turri por lá, o pai de Carolina descobriu os dois parados lado a lado na margem do lago. Turri testava uma teoria sua sobre o número de círculos concêntricos que se formava na água parada, atirando-se seixos na superfície espelhada enquanto Carolina contava para ele. O pai de Carolina emergiu do meio das árvores a uns quinze passos de distância. Ao vê-lo, Carolina virou-se e acenou para ele. Então, percebeu que perdera a conta dos círculos negros e prateados.

– Sinto muito – disse ela a Turri. Ele ergueu os olhos, um seixo branco entre dois dedos.

– Tudo bem. Temos mais pedras.

Seu pai atravessou o gramado entre a floresta e o lago com grandes passadas.

– Oi, papai! – disse Carolina. Ela foi ao seu encontro, atirou os braços ao redor de seu pescoço e beijou sua face acima da barba preta. Não era uma surpresa para ela encontrá-lo ali. A cada duas ou três semanas, ele visitava o lago no decurso de suas andanças a esmo, talvez estimulado pela mesma inquietude que motivara Carolina a atravessar a floresta desde criança; não a doença de um verdadeiro explorador, mas a indolente curiosidade de um nobre, facilmente contentado com uma volta pela propriedade que o confinava.

Seu pai também beijou-lhe o rosto. Então, ele olhou para Turri com evidente desagrado.

– Turri – disse, à guisa de cumprimento.

Turri exibiu um largo sorriso, transferiu o punhado de seixos da mão direita para a esquerda e estendeu a mão direita para cumprimentá-lo.

– Que agradável surpresa – disse, prestando tão pouca atenção à frieza do seu pai, que Carolina perguntou-se momentaneamente se na verdade havia lhe passado despercebida.

Após uma pausa pronunciada, o pai de Carolina estendeu a mão. Cumprimentaram-se.

– Bem-vindo à nossa humilde experiência – disse Turri.

– Estamos pesquisando dinâmica dos fluidos – explicou Carolina, passando o braço pelo do seu pai. Ele encobriu sua mão completamente com a dele.

– Uma pedra nunca faz mais do que uma dúzia de círculos, não importa a força com que a atire – Carolina lhe disse. – Apenas vão se alargando, alargando, até desaparecerem no meio dos juncos.

– E imagino que esta descoberta vai curar a cólera – seu pai disse.

Turri riu e balançou a cabeça, como se o homem mais velho tivesse feito uma boa piada à sua custa.

Carolina apertou o braço do pai, protestando silenciosamente contra sua frieza.

– Mas, se você observar mais um segundo – ela continuou –, às vezes a onda ricocheteia da margem e todos os círculos começam a se desfazer. – Esse pequeno mistério era sua parte favorita da experiência do dia. – Mostre-lhe – ela disse a Turri.

Turri abriu a mão para selecionar um dos seixos brancos.

– Ah, não – disse o pai de Carolina. – Não sou um homem da ciência. O sol se levanta e se põe. Não pergunto por quê.

Os dedos de Turri fecharam-se outra vez sobre os seixos, como uma flor se fechando para a noite.

– Sua mãe está chamando você – o pai disse a Carolina. Isso não só era uma mentira, mas tão improvável que Carolina olhou para ele espantada.

Pela primeira vez, Turri pareceu constrangido.

– Por favor, não se prenda por minha causa – ele disse.

– Você compreende – o pai de Carolina disse, como se fosse uma ordem.

Turri balançou a cabeça.

– Pode ficar até terminar a experiência – o pai de Carolina disse a Turri, enquanto levava a filha dali.

✲

Carolina e o pai caminharam em silêncio pela floresta entremeada de sol. Quando chegaram à casa principal, ele soltou seu braço sem mais nenhuma menção ao pedido de sua mãe. Mas naquela noite a mãe enviou um criado para convocá-la à sua presença.

Os aposentos de sua mãe ficavam no segundo andar da casa, de frente para a floresta que escondia o lago de Carolina. Como sempre depois que anoitecia, velas reluziam em cada canto. Um candelabro iluminava as páginas do romance que a mãe fechou quando Carolina entrou. Meia dúzia de outras colunas escuras de cera tremulava sobre o toucador, a estante de livros, a mesinha ao lado da cama. A mãe de Carolina estava em seu lugar preferido, no divã sob a janela.

Carolina parou na entrada, hesitante. Sua mãe raramente convidava Carolina a seus aposentos e, por conseguinte, Carolina nunca vinha por conta própria. Carolina geralmente pedia um embrulho de queijo e pão à cozinheira antes de ir para o lago, e sua mãe preferia fazer suas refeições sozinha, de modo que era possível que as duas passassem dias sem se falar. Quando pequena, Carolina crivava sua mãe de perguntas, já que esta raramente falava, a menos que lhe dirigissem a palavra diretamente. Mas, à medida que Carolina crescia, as perguntas que queria fazer tornaram-se mais difíceis de serem colocadas em palavras, até que o problema de dizer o que pretendia finalmente a frustrou, reduzindo-a ao silêncio. Agora, as conversas entre elas eram assinaladas principalmente por longas pausas pontuadas por observações sem importância. Para Carolina, no entanto, a mãe ainda detinha a força de um oráculo e, quer acreditasse nas declarações da mãe ou não, ela as remoía mentalmente como se fossem um enigma divino.

Sua mãe deu umas palmadinhas na almofada ao seu lado. Obedientemente, Carolina atravessou o aposento e se sentou. A janela para a qual olhava agora era negra. Uma luz de vela alaranjada tremeluzia na vidraça irregular.

A mãe endireitou-se.

– Como está o lago hoje? – perguntou.
– Bonito – respondeu Carolina. – Os choupos floresceram. O falso algodão pendura-se da árvore como neve.

A mãe olhou para ela com ligeira impaciência. Carolina teve a sensação familiar de que conseguira desapontá-la sem que jamais lhe tivessem dado essa incumbência.

– Seu pai disse que encontrou Turri no lago hoje – comentou sua mãe.

Carolina balançou a cabeça.

– Às vezes, ele aparece por lá.
– Você sabe que ele é um homem casado.

Carolina balançou a cabeça outra vez.

A mãe de Carolina inclinou-se para frente. Seu vestido farfalhava como uma pilha de folhas secas.

– Você ainda não é casada. Até lá, tem que ter muito cuidado.

A nuca de Carolina se arrepiou de vergonha diante da implicação. O rubor aflorou ao seu rosto.

– Não há nada – começou a dizer.
– Isso não importa – sua mãe disse. À luz fraca, seus olhos estavam quase inteiramente consumidos pelo negro das pupilas. – Uma moça não tem muitas escolhas. Esta é a mais importante. Não deve haver nenhum boato contra seu nome até você se casar.

Carolina fitava-a como um animal fascinado.

– Depois que você se casar – sua mãe continuou –, muitas coisas podem acontecer. Você não deverá falar sobre elas.

Nem seu marido, se for cavalheiro. – Ela olhou para fora da janela escura. – Compreende?

Carolina assentiu.

Sua mãe também balançou a cabeça, não para Carolina, mas como se concordasse com palavras ditas por alguma outra voz, inaudível. Reclinou-se para trás no divã.

– Poderia pedir ao Stefi para me trazer um pouco de leite morno quando você sair? – perguntou.

– Claro – respondeu Carolina, levantando-se.

Parou à porta, mas a mãe já tinha atirado o braço sobre os olhos, como se os protegesse de alguma luz insuportável no céu.

❦

Carolina levantou-se na manhã seguinte quando ainda estava escuro e esgueirou-se furtivamente pelas escadas, mais pelo tato do corrimão do que pela visão. Dormira pouco, convulsivamente, e quando estava cansada seus olhos agiam como prismas, distorcendo algumas coisas, duplicando outras. Agora, acharam a luz das estrelas no sereno tão ofuscante que todo o pátio ficou embaçado. Na floresta, as árvores duplicavam-se e entortavam-se. Ela piscou e elas ficaram retas outra vez. Ainda podia ver algumas estrelas além das silhuetas indistintas dos galhos mais altos, mas quando tentava focalizá-las elas se incendiavam em verdadeiros sóis ou apagavam-se inteiramente. Apesar de tudo isso, alcançou a casa, deixou-se afundar nas colchas de veludo amontoadas sobre o sofá e entregou-se prazerosamente a um segundo sono.

Quando acordou, o sol da tarde infiltrava-se pelos xales nas janelas, imprimindo traços muito leves de sua estampa onde a luz pousava. O fantasma de um pavão espraiava-se nas pregas escuras de um cobertor. Um lírio dissolvia-se em sua escrivaninha. Carolina afastou as cobertas e levantou a ponta do xale azul simples estendido em frente à janela. Turri estava deitado de costas na margem, os olhos fechados, as mãos confortando-se uma à outra sobre o peito. Ele lhe parecia tão familiar quanto as árvores que sombreavam as margens opostas, e seu coração recebeu-o com o mesmo prazer. O mundo ao redor dele estava límpido outra vez, cada árvore em seu lugar, cada junco da forma como se lembrava. Cada pedaço de algodão do choupo que flutuava acima do espelho negro da água estava nítido e perfeito.

Ela soltou a ponta do xale e saiu ao seu encontro.

※

Durante muitos dias depois disso, Carolina imaginou os passos de seu pai na grama, achou tê-lo ouvido quebrando gravetos na floresta ou confundiu os lampejos luminosos de asas de pássaros vislumbrados através das árvores com um recorte de seda no pescoço dele. Mas, conforme os dias transformaram-se em semanas, as semanas completaram uma estação e as folhas do final de verão caíram de forma que ela podia ver com clareza através das árvores, Carolina compreendeu que ele não voltaria a surpreendê-la. Na realidade, até as visitas inocentes que ele costumava fazer em seus passeios aleatórios haviam cessado. Era um padrão do qual ela se lembrou, finalmente, de sua infância. Seu pai detestava castigá-la, de modo que, quando a surpreendia no ato de alguma travessura, esforçava-se ao máximo para não surpreendê-la outra vez. Se a descobria alegremente enfiando pedaços de um limão mutilado diretamente no açucareiro, ele a repreendia severamente, mas depois evitava a cozinha como se não mais existisse, às vezes por semanas a fio. O fato de seu mau comportamento causar uma aflição tão óbvia ao pai sempre fizera Carolina padecer e querer se comportar melhor. Mas agora, quando achava que ele a interpretara mal de uma forma tão profunda, sua ausência simplesmente foi recebida com alívio.

Assim como o lago esquecia o impacto de uma pedra ou o toque do vento, Carolina e Turri retornaram aos seus hábitos familiares. Naquele outono, ele fez um complicado conjunto de asas com pequenos galhos e árvores novas, copiando do esqueleto de algum passarinho que descobriu em uma de suas caminhadas pela floresta. Carolina ajudou-o a forrar as estrutura com folhas caídas, que Turri esperava tivessem propriedades semelhantes a penas. Após semanas de trabalho, o próprio Turri testou-as com um salto do telhado da casa de Carolina. Aterrissou com um tombo espetacular, que não pareceu lhe causar nenhuma surpresa. Naquela noite, ele retornou com o aparato agora inútil. Enquanto Carolina observava da margem, ele subiu ao telhado outra vez, ateou fogo às asas danificadas e lançou-as sobre os poucos passos de terra entre a casa e o lago. A repentina explosão de fogo quando o ar se precipitou pela estrutura em chamas deu um estranho e vacilante impulso às asas por um rápido instante. Então, elas se lançaram em um voo perigosamente rasante, cobrindo Carolina de fagulhas vermelhas antes de se chocarem na água com uma enorme pancada e um som sibilante. Uma nuvem de vapor ergueu-se na noite, tingida de laranja pelo fogo remanescente. Alguns dos ossos do esqueleto ainda brilhavam com um vermelho intenso enquanto afundavam nas águas escuras.

Em meados de dezembro, houve uma queda brusca na temperatura, fechando a última área de água aberta na superfície do lago, onde os patos pretos nadaram em círculos melancólicos à medida que o resto do lago se fechava para eles. Quando o frio não arrefeceu depois de uma semana, Turri começou a coletar gelo das bordas do lago pouco depois dos juncos, serrando mais de mil blocos de gelo no tamanho de tijolos para construir um castelo no meio do lago: quatro modestas paredes com um par de pequenas torres de frente para a cabana na beira do lago. No dia anterior ao término da construção, o tempo mudou. A temperatura subiu tanto que parecia primavera, e choveu a manhã inteira na floresta conforme o gelo se derretia dos galhos agradecidos e caía na lama espessa embaixo. As paredes turvas do castelo começaram a brilhar à medida que as ranhuras feitas pelo serrote de Turri se derretiam. Durante toda a manhã, ele travou uma batalha perdida contra o sol, comprimindo neve ao redor da base e arrumando e rearrumando grupos insuficientes de lonas enceradas. Mas, quando a grossa camada de gelo que cobria todo o lago começou a estalar e ranger no começo da tarde, Carolina saiu de sua casa e insistiu para que ele voltasse para a margem. Menos de uma hora depois, toda a estrutura desmoronou dentro da água gelada, reemergindo como um amontoado de icebergs denteados. Quando anoiteceu, os flutuantes pedaços de gelo congelaram-se em uma ferida pontiaguda que marcou a superfície lisa pelo resto do inverno.

No dia de Natal, Carolina dirigiu-se ao lago pela nova precipitação de neve fofa no chão da floresta, levando uma caixa de marzipã e laranjas. Ao chegar à sua casa, pôde ver a luz bruxuleante de um fogo lá dentro, já lançando sombras azuis na neve do lado de fora. Turri a aguardava ainda vestido com seu sobretudo, apesar de obviamente já estar ali há tanto tempo que a cor viva que o frio sempre fazia aflorar às suas faces já esmaecera. Na mesa ao seu lado, via-se um pequeno elefante de laca azul, do tamanho do polegar de Carolina, as pernas ligadas ao corpo em ângulos estranhos. Uma roda como a que um capitão usaria para guiar um navio destacava-se do lado direito da criatura.

Carolina colocou sua caixa sobre a mesa e levantou a tampa, revelando as laranjas e os doces pintados à mão.

– Aceita um? – ela ofereceu.

Turri sacudiu a cabeça.

– Acabo de perder um concurso de comer marzipã com Antonio – ele lhe disse.

Carolina selecionou um cacho de uvas glaçadas para si mesma e fechou a caixa.

– Não sei por que os elefantes sempre parecem tão tristes – ela disse, olhando para a pequena figura.

– Gire a roda para dar corda – orientou Turri.

Carolina colocou a criatura na palma da mão e ergueu-a na altura dos olhos para que pudessem se ver olho no olho.

– A roda – disse Turri. – Gire-a.

Carolina obedeceu. Lentamente, os pés laqueados começaram a se mover. Primeiro, as duas pernas direitas deram um passo, depois as duas esquerdas.

Turri abriu um largo sorriso de orgulho.

– Coloque-o sobre a mesa. Veja!

Carolina colocou o brinquedo sobre a mesa cuidadosamente. O elefante marchou heroicamente por um campo inteiro de papel de carta e parou bem em frente à caixa de marzipã, observando-a com todo o encantamento e respeito que um explorador demonstraria ao confrontar uma nova montanha.

– Fiz para você – disse Turri, mal conseguindo conter seu entusiasmo.

– Obrigada – Carolina disse, fitando o presente.

Turri tomou sua mão.

Surpresa, Carolina olhou para ele.

– Você sabe que eu a amo – ele declarou.

As palavras reverberaram em sua mente como um sinal de alarme.

– Eu sei – ela disse, retirando a mão.

❧

Na primavera seguinte, quando Carolina tinha dezessete anos, Pietro comemorou seu vigésimo quarto aniversário, o que significava que ele estava apenas a um ano da maioridade que seu pai estipulara em seu testamento. Mas, para que recebesse pleno controle de suas terras e propriedade, seu pai também determinara que ele deveria estar casado. Pietro confrontou essa exigência com sua costumeira boa vontade.

– Acho que o velho sabia o que era melhor para mim! – disse em uma festa após a outra, dando de ombros com um misto de malícia e pesar que fazia as jovens estremecerem de esperança e seus pais balançarem a cabeça em aprovação.

Carolina recebeu esta notícia com um terror tão meigo que mal conseguia distingui-lo de empolgação. Era impossível que ele a escolhesse, mas ele precisava escolher alguém. Como uma criança com um bilhete de loteria, ela compreendeu a insignificância de suas chances, mas até outro nome ser anunciado, enquanto o bilhete de papel se desfazia no suor de sua mão, tinha tanto direito de sonhar em ganhar o prêmio quanto qualquer outra. Suas fantasias adquiriram foco e se tornaram simples. Ela guardou os piratas e a tinta invisível de seus sonhos de menina nas caixas de acessórios de cena em sua mente e começou a construir orações realistas: ele poderia encontrá-la na estrada durante uma tempestade e lhe dar uma carona até em casa. Seus olhos poderiam se encontrar através de um salão apinhado de gente, e ele sorriria. Esses novos sonhos eram tão modestos que nunca duravam mais do que um breve instante. Carolina nunca sabia o que poderia acontecer quando ela retribuísse o sorriso ou ele a erguesse para cima de sua égua.

Ninguém, nem mesmo Carolina nem talvez o próprio Prieto, nunca soube por que ele começou a destacá-la mais ou menos em meados daquela estação. Sua mãe era famosa pela beleza, o que levou o pai de Carolina a escolhê-la entre as muitas jovens da região durante suas férias de duas semanas a um balneário há tantos anos. Carolina, apesar de um pouco mais alta do que a mãe, herdara seus fartos cabelos escuros, a cintura fina e o rosto pálido e perfeito. Mas seus olhos eram os de seu pai, escuros sob sobrancelhas marcantes, em vez do azul delicado dos olhos da mãe. O efeito era tão extraordinário que deixava muitos rapazes sem fala e fazia o resto querer atormentá-la em vingança, um projeto em que embarcaram tão cedo em sua lembrança que ela nunca pensou sequer em se ressentir de suas provocações, mas simplesmente navegar por elas como faria com qualquer característica de sua paisagem: um rio a ser atravessado ou um buraco do qual se desviar.

Mas apenas sua beleza não era suficiente para explicar o interesse de Pietro. Havia outras jovens lindas que não eram nem de longe tão estranhas ou difíceis. Possuíam cabelos tão dourados e macios como trigo, figuras mais curvilíneas, mãos pálidas que não haviam ficado secas e rachadas de arrancar coisas na floresta. E naquela primavera todos os encantos estavam em exibição, toda pedra preciosa e toda flor ostentadas de forma a conquistar o coração de Pietro. Carolina dificilmente poderia sobrepujar tudo isso.

Na verdade, deve ter sido seu terror que chamou a atenção dele originalmente.

※

No começo de junho, após uma profusão de festas de primavera durante as quais ninguém, nem mesmo aqueles que se consideravam seus amigos mais próximos, foi capaz de penetrar no mistério das intenções de Pietro, Carolina virou a cabeça enquanto subia as escadas para o salão de baile dos Ricci e deparou-se com Pietro no degrau ao seu lado. Da última vez que o vira, ele estava no meio do enorme vestíbulo embaixo, onde os criados haviam construído um frágil dossel de cordas trançadas do qual pendiam mil velas votivas em vidros coloridos logo acima da cabeça dos convidados. Carolina não estava realmente esperando dançar: durante todas as dezenas de festas desde a abertura da estação, Pietro não a convidara nem uma vez e, com toda a lealdade tola e intransigente do primeiro amor, ela havia recusado todos os outros convites. Seu plano era parar no patamar e olhar para baixo através das luzes enquanto todas as outras pessoas erguiam os olhos para elas, algo da maneira como Deus devia olhar para a Terra através das estrelas.

Antes, porém, de alcançar o patamar, Pietro galgou os degraus atrás dela de dois em dois. Não estava vindo em seu encalço – ele deixou isso bem claro quando saltou mais dois degraus além dela antes de parar no meio do próximo salto, talvez distraído de seu objetivo pelo seu rosto bonito.

– Carolina!

Carolina sempre ficava um pouco desnorteada quando se encontrava frente a frente com Pietro, que falava e agia de modo tão diferente do Pietro de seus devaneios. Nesta emergência, ela só conseguiu devolver o olhar fixo, emocionada, mas sem fala.

Pietro ergueu as sobrancelhas.

– Vão tocar uma *monferrina* depois – ele disse. – Guarda esta dança para mim? – Ele riu, convicto de que estava oferecendo uma proposta que agradaria a ambos.

O medo paralisou as mãos de Carolina, fechadas em punhos cerrados, escondidas nas pregas do vestido. A *monferrina* era uma complicada dança de salão, nova no vale naquele ano, e ela ainda não sabia dançá-la. Não havia a menor possibilidade de dançá-la tendo Pietro como par, com todos os olhos fixos nela. Abaixou os olhos para o tapete azul, em seguida olhou por cima da balaustrada de mármore, para o dossel de chamas em seus vidros coloridos.

– Não, obrigada – respondeu.

O sorriso de Pietro ampliou-se. Essa era uma tática com a qual ele já estava familiarizado, e facilmente descartável. Ele colocou a mão no peito, fingindo verdadeira angústia.

– Mas você vai partir meu coração! – ele disse.

Sua recusa em deixá-la partir dignamente provocou raiva em Carolina, suficientemente inflamada para derreter o medo que paralisava seus dedos. Ela juntou suas saias e subiu o degrau seguinte.

– Não creio – ela disse, passando rapidamente por ele.

No topo das escadas, ela hesitou. Chegara a uma longa sacada que dava para a imponente escadaria e para o vestíbulo embaixo. Diretamente à sua frente, inúmeras portas abriam-se para o salão de baile. À sua direita, no extremo oposto da sacada, havia uma janela de pelo menos três vezes a sua altura, transformada em espelho pela noite. Na outra extremidade da sacada, à sua esquerda, havia uma porta. Ela apressou-se em sua direção, passando pelo meio dos poucos convidados espalhados ao longo do caminho, sem sequer um olhar ou um cumprimento. A maçaneta girou facilmente sob sua mão. O aposento estava completamente às escuras, salvo por vagos vestígios de estrelas distorcidos por altas janelas.

Turri riu.

Sua figura destacou-se das sombras densas abaixo da janela mais próxima. Um volume escuro sacudiu-se em sua mão.

– Estou lendo sobre máquinas a vapor apenas com o luar – ele disse. – Só consigo entender metade do texto, portanto se tornou uma espécie de experimento. Tudo que não consigo ver tenho que inventar.

Reconfortada pelo som de sua voz, Carolina deu alguns passos dentro da escuridão.

– Cuidado – ele disse. – Bati as canelas em meia dúzia de mesas de canto no caminho até aqui.

Ela parou no escuro e estendeu os braços. Suas mãos descreveram o diâmetro de um desajeitado semicírculo, mas não encontraram nada.

– Na verdade, há apenas duas mesas – Turri corrigiu-se. – E depois a estátua de uma menina, colocada no meio de outras peças da mobília sobre um suporte baixo em vez de um pedestal, de modo que um homem desavisado pode se ver de repente cara a cara com ela.

Conforme os olhos de Carolina se adaptavam à pouca luz, estantes altas começaram a surgir entre as janelas. Ela pôde distinguir os contornos de duas mesas próximas, mas nenhuma pedra branca cintilou na penumbra.

– Verdade? – ela disse.

– Você não a vê? – ele perguntou.

Ouviu-se uma batida na porta.

Cuidadosamente, Carolina virou-se no escuro. A batida repetiu-se.

Ela abriu a porta. Um estreito triângulo de luz amarela dividiu o aposento. Pietro estava parado ali, as mãos apertadas às costas como uma criança contrariada.

– Carolina! – ele exclamou, com toda a emoção de um marinheiro de um navio naufragado que mal podia acreditar que seus salvadores tivessem chegado. Então, ele parou, tentando ler seu rosto. Após um instante, desistiu e lançou-se à frente. – Enviaram alguns músicos para o jardim com lanternas – ele disse. – Gostaria de me acompanhar até lá?

Atrás de Carolina, um livro se fechou nas trevas. Carolina lançou um olhar para trás, mas Turri permaneceu em silêncio, sua sombra dissolvida no resto.

Pietro remexeu os pés, hesitante, toda a sua galhardia esquecida.

Pela primeira vez, ela teve compaixão dele.

– Obrigada – disse ela, tomando seu braço.

※

A conversa entre eles naquela noite não teve nenhum caráter importante. Pietro identificou erroneamente várias constelações e elogiou a qualidade do vinho, falando de uma maneira formal e artificial, como se estivesse se esforçando para se lembrar da lição que algum professor tentara lhe ensinar anos atrás, quando ele ainda não via nenhuma razão para aprendê-la. Carolina começou a respirar quase naturalmente após os primeiros quartetos. Ao final da noite, ela havia lhe confidenciado que não estava convencida de que realmente *havia* constelações: toda vez que olhava para o céu, ele parecia ter mudado um pouco desde a última vez, embora ela nunca pudesse identificar exatamente qual das milhares de luzes havia se deslocado, a fim de provar seu caso.

– Todo mundo diz que as estrelas são fixas – ela lhe disse. – Mas ninguém nunca diz o que as mantém lá.

– Mas como poderíamos saber isso? – Pietro perguntou, um pouco queixoso.

No transcorrer da noite, foram interrompidos várias vezes pelos cumprimentos de seus amigos, bem como por um fluxo permanente de jovens senhoritas que se aproximavam do banco de jardim onde estavam e falavam com Pietro como se ele estivesse sentado ali sozinho. Mas Pietro não saiu do lado de Carolina. Finalmente, o leve ruído das carruagens partindo começou a ultrapassar o muro do jardim. Os músicos tocaram sua última peça, guardaram seus instrumentos e partiram após uma pequena altercação quando o violoncelo encalhou na escuridão em um canteiro de lírios.

– Carolina – Pietro disse. Seu tom de voz era urgente, o prelúdio de uma confissão ou declaração. Mas, quando ela se voltou, ele parecia estar buscando alguma resposta em seu semblante. Confusa, ela abaixou os olhos.

– Já é muito tarde – ela disse. – Vão achar que fomos capturados por ciganos.

Foi uma piada, mas Pietro sacudiu a cabeça energicamente.

– Eles jamais conseguiriam tirá-la de mim – prometeu.

Ele se levantou e ofereceu-lhe o braço. Carolina levantou-se e tomou seu braço, deixando que ele a conduzisse através do jardim até a casa, concentrando-se com todas as suas forças na difícil tarefa de caminhar e respirar ao mesmo tempo.

※

Na semana seguinte, Pietro conseguiu convencer Carolina a se deixar conduzir à pista de dança para uma série de números mais familiares, e as outras jovens pararam de cumprimentá-la nos corredores, como se ela tivesse se tornado invisível. Alguns dias mais tarde, Pietro enviou um criado à casa de Carolina com um enorme buquê de rosas que o mensageiro assegurou que o próprio Pietro colhera no jardim, uma alegação nascida do fato de que o maciço emaranhado de espinhos incluía o que pareciam ser galhos inteiros de roseiras, decepados logo acima da raiz. Pietro ficaria honrado, o velho criado acrescentou, se Carolina lhe concedesse o prazer de fazer-lhe uma visita.

Isso era inédito.

Uma ou outra vez, Pietro parecera ter favoritas entre as jovens locais, escolhendo uma como seu par por uma longa série de danças ou mesmo procurando uma determinada jovem no decurso de vários eventos, até perder o interesse. Era capaz de fazer isso com impunidade porque nunca envergonhava as moças nem suas famílias dando sequer um mínimo passo nos domínios de um namoro formal: visitas à tarde ou jantares em família. Carolina foi a primeira jovem no vale a receber essa atenção.

Seu pai, um jardineiro esporádico, mas profundamente sentimental, ficou chocado com a brutalidade de Pietro com suas roseiras e nem um pouco impressionado com seu pedido para ver Carolina.

– Acho que devia mandar isto lá para fora e mandar plantá-las outra vez – ele disse, olhando furiosamente para o monte de galhos e botões que estremecia sobre a mesa do vestíbulo.

– Não, não! – protestou Carolina. Lançou as mãos entre as folhas vermelho-esverdeadas, sufocou um grito quando os espinhos espetaram os dedos e as palmas, e retirou-as abruptamente.

Diante da porta aberta, o criado esperava sob o forte sol de meio-dia.

– Amanhã? – perguntou Carolina, suplicante.

Seu pai sacudiu a cabeça para o emaranhado de rosas. Em seguida, assentiu.

Com o coração acelerado e a bravata muito bem encenada de uma jovem rainha dirigindo-se a seus súditos pela primeira vez, Carolina voltou-se para o mensageiro.

– Ele pode vir amanhã – disse-lhe.

❧

Os limoeiros foram recebidos como herança pelo pai de Carolina, mas seu amor por eles era real: quando menino, insistiu para que o jardineiro plantasse meia dúzia de mudas no jardim da família, de modo que, ao se tornar adulto, não tivesse que andar até a plantação para pegar uma flor ou um fruto. Essas mudas agora sombreavam todo o jardim dos Fantoni. Seu jardineiro constantemente reclamava de ser o único no vale a ter que produzir flores dos canteiros todo ano sem a ajuda da luz solar, ao que o pai de Carolina invariavelmente respondia que grandes obstáculos eram os professores de grandes homens.

No dia da primeira visita de Pietro, as flores da primavera haviam caído dos galhos dos limoeiros, mas suas folhas eram novas e viçosas, ainda não atingidas pelo calor que iria escurecê-las. Carolina sentou-se sob elas sem ar, mas perfeitamente imóvel, pronta para acreditar em qualquer coisa. Se fosse verdade, como seu bilhete alegava, que Pietro chegaria a qualquer momento para passar uma hora com ela no jardim, então muitas outras de suas fantasias excêntricas também seriam possíveis. O céu poderia se enrolar repentinamente, como o padre às vezes ameaçava, revelando o outro mundo que os homens só conseguiam vislumbrar agora em sombras e miragens, um mundo de cuja existência Carolina suspeitara muito antes de sua aleatória introdução à teologia por causa de um intermitente, mas profundo, sentimento de que mesmo as coisas mais sólidas careciam de peso real, e que, se ela soubesse o truque, seria simples conseguir ver através delas.

As sombras na grama nova oscilaram, mas não desapareceram.

– Carolina? – A voz de Pietro era tão desconhecida quanto a de um estranho.

Carolina ficou paralisada como uma criatura assustada na floresta. Antes de seu raciocínio realmente retornar, Pietro já a avistara através das árvores. Dirigiu-se para ela em passos largos, sorridente.

– Sua mãe disse que eu a encontraria aqui – ele disse, afastando os galhos novos de sua frente. Então, parou acima dela, tão bonito que ela simplesmente ficou olhando para ele, os olhos erguidos, todos os seus pensamentos subjugados. – Ela disse que não consegue mantê-la dentro de casa, verão ou inverno – Pietro provocou-a.

– Gosto do lago e do jardim – Carolina disse-lhe, ouvindo a própria voz com a mesma curiosidade com que ouviria às escondidas um casal sussurrando ao seu lado durante uma dança, e com a mesma incerteza sobre o que diria em seguida.

Pietro sentou-se a seu lado no banco. Ele estudou seu rosto cuidadosamente por um instante. Depois, tomou sua mão. Ela se surpreendeu com seu calor, como da primeira vez em que dançaram, quando também ficou surpresa ao perceber que, como outros homens, ele precisava respirar. Ele sorriu.

– Pensei em você a noite toda – ele lhe disse. – Só adormeci quando amanhecia e quando acordei vim direto para cá.

– Às vezes, eu não consigo dormir – Carolina concordou.

– Mas eu sempre consigo dormir – Pietro disse ansiosamente e continuou, contando-lhe sobre uma briga turbulenta, durante a qual seus amigos estraçalharam uma cadeira e destroçaram duas janelas e o nariz de um deles, enquanto ele dormia como uma criança em um sofá no meio da confusão. Quando ela sorriu diante da história, ele começou a contar outra, aparentemente seguindo o tema de brigas, em que um amigo seu deu um tiro errático em outro e acidentalmente matou um cavalo do lado de fora na rua, fato que descobriram somente horas mais tarde, quando saíram e encontraram o pobre animal morto, estendido na chuva.

Durante a semana seguinte, ele lhe contou inúmeras histórias e segredos. As histórias sempre eram narradas como se ele falasse a uma pequena plateia, mesmo quando Carolina era a única pessoa presente: a voz um pouco alta demais, os gestos um pouco espalhafatosos, desviando o olhar do rosto dela de vez em quando, como se tentasse captar a atenção de outro par de olhos. Algumas dessas histórias ela já conhecia, já que fazia muito tempo que haviam passado ao lendário local: o incêndio nos Rossi, as festas de marzipã, a noite em que ele pendurou Ricardo Bianchi, manietado, da forquilha de uma figueira.

A história de seu estranho pesar com a morte de sua mãe também era bem conhecida no vale: em vez de atirar o punhado de pétalas sobre o caixão de sua mãe como fora instruído, Pietro, então com cinco anos, saltou dentro da sepultura com ela e, quando se recusou a segurar uma das muitas mãos estendidas para puxá-lo de volta para cima, um cavalariço foi obrigado a descer e resgatá-lo. Cada passo que o garoto ou o homem deram durante a luta reverberara com um terrível eco no caixão de madeira, um som que nenhum dos presentes conseguira esquecer. Mas agora Pietro confessou a Carolina que o sofrimento pela sua perda não o deixou com o dilúvio de lágrimas raivosas que ele chorou nas semanas seguintes à morte de sua mãe: fora seu constante companheiro de infância. Na realidade, seu jardineiro ainda tinha o hábito de manter suas pás trancadas desde a sua infância, quando, à menor oportunidade, Pietro entrava furtivamente no barracão do jardineiro para roubar as pás e empreender um novo ataque à terra que cobria a sepultura da mãe.

– Nunca contei isso a nenhuma outra garota – ele lhe disse, olhando dentro de seus olhos com surpresa e uma certa expectativa curiosa, como se esperasse que ela lhe explicasse por que a havia escolhido.

Mas isso era um mistério também para Carolina. Ela nunca pedira para saber seus segredos, e não tinha certeza se queria ouvi-los. Pareciam-lhe confissões, não as tolices agradáveis que ela achou que um novo namorado confidenciaria. Ela sentiu seu peso e sua própria incapacidade de curar ou absorver, e isso a assustou. Viu-se ansiando pelo Pietro que seu coração havia construído durante os anos anteriores: decidido, compreensivo e destemido, vindo resgatá-la do próprio Pietro enquanto ele continuava a divagar a seu lado. O anseio a deixava tonta.

No entanto, Pietro não parecia se cansar de suas conversas, ou dela. A convite de sua mãe, ele voltou para jantar na noite de sua primeira visita, e a partir dali estabeleceu-se o padrão. Todo dia ele ia à casa de Carolina sob algum pretexto: levando um par de coelhos sangrados que havia abatido naquela manhã porque o pai dela admitira gostar de carne de coelho; levando uma garrafa do melhor vinho de seu pai, que esperava que aliviasse a dor de cabeça de que a mãe de Carolina se queixara no dia anterior; ou insistindo, para deleite de seu pai, que a sombra no jardim de Carolina era simplesmente muito mais agradável do que o sol forte no seu, de modo que ele não podia deixar de preferir passar seu tempo ali.

※

Carolina viveu esses primeiros dias com Pietro em parte acreditando que tudo não passava de um sonho do qual ela acordaria a qualquer instante, e atravessou esses dias como se o mais leve som ou movimento pudesse fazer o mundo inteiro se dissolver. Já era fim de semana quando ela se lembrou de que havia dias não via seu lago, o que só lhe ocorreu quando observava uma forte chuva de verão açoitar o caminho de entrada da casa de seu pai, formando filetes de água no cascalho. Era domingo. Na noite anterior, no baile de gala dos Rosetti, Pietro dançara mais da metade das danças com ela, e passou a maior parte do resto do tempo ao seu lado sob um dos enormes leques de penas de ganso que Silvia Rosetti mandara afixar nas paredes do salão de baile, grandes o suficiente para, numa emergência, poderem também servir de asas para um homem adulto. Durante uma das valsas mais sentimentais, Pietro indicou com um sinal da cabeça um homem com um casaco militar e repetiu uma história que ele lhe contara havia apenas alguns dias:

— Quando eu era mais jovem — ele murmurou, com toda a premência de um novo segredo —, meu maior sonho era morrer em combate. Nunca imaginei que viveria até esta idade.

Carolina sentira o olhar de duas jovens do outro lado do aposento. Quando seus olhos se encontraram, elas rapidamente desviaram o olhar. Ela voltou a olhar para Pietro, esforçando-se para compor a fisionomia em uma expressão de surpresa e solidariedade.

— Fico feliz de você ter se enganado — ela disse, como na primeira vez em que ele lhe contou a história.

Com grande emoção, ele tomara-lhe a mão entre as suas.

Ainda não havia chegado nenhum recado dele hoje. A rápida tormenta rapidamente se desfez. Quando os finos riachos do caminho de entrada sossegaram, refletindo o céu branco, Carolina se levantou e saiu.

Turri estava parado à beira d'água, completamente encharcado, grandes áreas da camisa fina grudadas à pele.

— Você podia ter entrado — Carolina chamou.

Turri olhou para trás e sorriu para ela.
– Andou nadando? – ela perguntou ao alcançá-lo.
Ele sacudiu a cabeça.
– Estava estudando a chuva.
– E o que descobriu? – ela perguntou.

O sol ainda estava oculto por uma névoa fina que encobria todo o céu visível, porém a luz era bastante forte para ela ver, mesmo de onde estava, a água em suas têmporas brilhar.

– Eu estava dormindo na margem – ele disse. – Acordei quando começou a chover. Comecei a ir para a casa, mas depois fiquei pensando o que eu veria se simplesmente ficasse aqui, olhando para cima.

– E o que viu?

– Chuva – ele disse, rindo outra vez. – Depois, ela entra nos seus olhos e você não consegue ver mais nada.

❦

Turri não perguntou sobre sua ausência e ela não mencionou Pietro para ele, embora fosse impossível que ele não tivesse ouvido os boatos. Em vez disso, viraram seu barco a remo para cima e empurraram-no juntos para o lago. Carolina assumiu os remos e Turri espraiou-se na proa. Suas roupas úmidas secaram conforme a luz do sol consumia as nuvens remanescentes. Carolina deixou os remos flutuarem livremente, hipnotizada pelas mil maneiras como a floresta mudava toda vez que o barco balançava levemente para a direita ou para a esquerda. Finalmente, o sol livrou-se completamente das nuvens. Ao levantar a mão para encobrir os olhos, ela percebeu que não tinha a menor ideia de quanto tempo se passara. De repente, totalmente alerta de preocupação, remou a pouca distância de volta a terra e, em seguida, a pedido de Turri, empurrou-o de volta para a água outra vez.

Quando voltou para casa, uma criada lhe disse que Pietro já havia chegado e que sua mãe o levara para a estufa. Seu pai construíra a estrutura de vidro no gramado dos fundos quando Carolina tinha sete anos, mais uma vez sob os protestos de seu exasperado jardineiro, de modo que sua mãe sempre pudesse ter as flores do Sul de que ela se lembrava de sua juventude. Hoje, os painéis de vidro ainda estavam embaçados da chuva.

– Carolina! – Pietro exclamou, como se ela fosse um navio retornando de uma viagem desconhecida.

– Onde você estava? – sua mãe perguntou, um tom de censura na voz.

Carolina parou na entrada do recinto úmido. Em suas mesas de madeira cobertas com uma fina película de umidade, lírios, frésias e um bando de orquídeas ceráceas aguardavam sua resposta.

– Fui ao lago – ela disse. – Turri estava estudando a chuva.

– Turri? – Pietro perguntou, inespecificamente, como se ajudasse um amigo a apresentar o auge de uma piada muito conhecida.

– São amigos desde quando Carolina era criança – a mãe de Carolina acrescentou rapidamente.

– Eu também! – Pietro disse, ele próprio desbravando corajosamente a piada, já que ninguém mais se oferecera para completá-la. – Ele enchia o rio de bolhas de sabão quando éramos garotos. Todos os juncos ficavam sufocados de espuma. Vi um passarinho vermelho sair voando com um pouco de espuma pendurada do bico, como a barba de um velho.

Ele parou, esperando ouvir risos, e pareceu surpreso, como tão frequentemente acontecia, ao descobrir que o grupo para o qual falava fora reduzido outra vez para apenas duas mulheres que estavam com ele na sala quando começou. Quando nem Carolina nem a mãe falaram, seu rosto se enuviou. Então, pareceu ocorrer-lhe uma explicação. Ele adiantou-se, a passos largos e rápidos, através das plantas, tomou a mão de Carolina e beijou-a.

– Quando você vai me levar ao seu lago? – perguntou.

Como isso nunca havia lhe ocorrido, Carolina não respondeu.

Após um instante, Pietro sorriu indulgentemente.

– Tudo bem – ele disse. – É melhor que os namorados guardem alguns segredos.

༺

No fim de semana seguinte, quando um pequeno coro de violinos entoou em uníssono alguma grande decepção em seu passado distante, Pietro beijou-a pela primeira vez. Estavam abrigados sob uma *grotta* embaixo da varanda da casa dos Conti. Acima deles, todos os seus vizinhos giravam em círculos sob tochas que queimavam nas bordas da pista de dança improvisada.

Seu beijo foi delicado, mas urgente. Quando a soltou, ela deixou a cabeça cair em seu peito, o rosto afogueado e a respiração acelerada. Ninguém jamais a beijara, e nada do que tinha ouvido dizer ou visto a preparara para o calor insistente que se espalhou pelo seu corpo.

Ele riu, afagando seus cabelos cheios.

Carolina agarrava o casaco de Pietro com ambas as mãos cerradas, esperando o calor passar. Ao invés disso, tornou-se mais forte, ressoando mais alto do que os violinos. Ela ergueu o rosto.

– Outra vez – ela disse.

Um mês depois, quando as últimas flores de agosto começaram a fenecer, Pietro abaixou-se sobre um dos joelhos enquanto o pai de Carolina observava de seu posto junto à grade vazia da lareira e sua mãe se empertigava no sofá onde descansava. Ele tirou um pequeno pedaço de papel amarrotado do bolso e abriu-o, revelando o anel de brilhante de sua mãe, que brilhava como um fragmento de gelo quase derretido pelo sol da manhã.

Era impossível recusá-lo.

꽃

Carolina nunca soube ao certo quando a cegueira se instalou. Olhando para trás, através dos armários turvos e apinhados de sua mente, ela encontrou meia dúzia de dias, espalhados ao longo de uma década: na ocasião em que, ainda criança, ela esfregara os olhos com tanta força que o mundo ficara manchado por horas com sombras verdes e vermelhas; a maneira como todas as demais pessoas pareciam se acostumar à escuridão muito antes que seus próprios olhos conseguissem divisar formas; o dia em que bateu a cabeça ao cair de uma árvore e ao acordar encontrou um mundo à deriva, oscilando tão suavemente quanto uma folha na superfície de seu lago. Todas as peças que seus olhos haviam lhe pregado voltaram à sua lembrança: pássaros que provavam ser apenas flores em um galho; flores que de repente acordavam, abriam as asas e provavam ser pássaros.

Mas foi no outono depois do pedido de casamento de Pietro, quando tinha dezoito anos, que a cegueira tornou-se inegável. Mais tarde, Carolina percebeu que devia ter começado pelas bordas de sua visão e que se fechava para o centro como o crepúsculo: tão devagar que nenhuma mudança era perceptível de um momento para o outro, mas tão constante que, quando finalmente ela reconheceu que a tarde caía, a verdadeira noite estava a um átimo de distância. À medida que as árvores soltaram suas folhas, ela se tornou irrequieta. Podia ouvir a ressonante pancada de um mergulhão na água do lago, mas o canto de seu olho não capturava o movimento. Esquilos caçoavam dela de cima das árvores, mas, quando virava a cabeça para vê-los, haviam desaparecido.

Quando as últimas folhas da estação submergiram para o fundo do lago, deixando a floresta nua, Carolina olhou para o outro lado das águas negras, para a fileira de sete árvores que seu pai deixara de pé quando pela primeira vez desmatou a terra: um velho e generoso salgueiro, uma macieira silvestre, uma árvore não identificada com a casca cinzenta e lisa, um carvalho, uma muda de carvalho e um par de esbeltos vidoeiros entrelaçados como gêmeos ou amantes, tão unidos que seus galhos roçavam ruidosamente ao vento. Contar todas elas fora um passatempo favorito para Carolina quando criança, e continuou sendo uma satisfação enquanto crescia. Mas agora seu campo de visão não conseguia abranger todas elas. Podia ver o salgueiro ou as gêmeas: nunca todas no mesmo olhar. Pela primeira vez, ela compreendeu que estava ficando cega.

Essa percepção atingiu-a com toda a força de uma conversão. Como uma nova crente, nunca mais conseguiria ver o mundo da mesma forma outra vez, quer mantivesse ou perdesse sua fé. Mas a forma do novo mundo, o ritmo de sua liturgia, as propriedades de seus anjos e demônios ainda eram um mistério.

Durante a maior parte do inverno, Carolina testou sua cegueira. Por exemplo: com que velocidade avançava? Talvez, tendo levado toda a sua vida para chegar a este ponto, pudesse levar mais vinte anos para se apoderar de outra fração de sua vista. Com uma precisão científica que teria deixado Turri orgulhoso, ela desenhou as árvores na margem oposta e assinalou o que podia ver quando as encarava de frente do degrau mais alto de sua casa. Em novembro, ela podia captar cinco árvores, limitadas pelo salgueiro e a muda de carvalho. No Ano-Novo, a muda de carvalho havia desaparecido. Quando a escuridão começou a engolir o salgueiro também, ela tentou contar aos pais. Quando o salgueiro se extinguiu, ela contou a Pietro.

A essa altura, Pietro já conhecia bem seus hábitos para reconhecer que ela não era igual às outras jovens de seu círculo, e começou a chamá-la de "minha estranha". Sua declaração pareceu-lhe ser apenas mais um alegre contrassenso, como seu afeto pelo seu mal concebido lago com suas margens lamacentas ou sua inexplicável paciência com as experiências de Turri.

Seus pais há muito haviam esquecido suas tentativas de avisá-los. O pai estava empenhado em uma guerra de atritos com o jardineiro, o qual insistia que, se cortasse todas as flores que seu patrão exigia para o casamento de Carolina, o próprio jardim, onde seria realizada a recepção, teria todo o charme de um deserto – ao que o pai da noiva retrucava que todos os gênios eram ridicularizados pelos seus próprios criados. A mãe de Carolina raramente deixava seus aposentos, mas um fluxo permanente de criados e mensageiros agora ia e vinha, carregando frutas, chocolates, porcelanas, pratarias, sedas, brocados e rendas e um desfile de presentes enviados com antecedência pelas centenas de convidados.

Carolina sempre abria esses presentes na companhia da mãe, de modo que, enquanto perdia a visão, ela pudesse manusear algumas das peças mais lindas que já vira: uma caixa laqueada, azul da cor do ovo do pintarroxo, ondeada como o tafetá chamalote, forrada de veludo rosa-escuro; uma concha espiralada do tamanho de seu punho fechado, com uma tampa de prata, para guardar sal; lençóis bordados com flores de limoeiro e vinhas; uma tigela para doces, de vidro, cor de sangue; uma bandeja de prata moldada no formato de uma enorme folha de parreira, com um cacho em tamanho real de frias uvas de prata, aconchegado sob a curva do cabo, e com um pequeno pássaro empoleirado na borda oposta, fitando ardentemente a fruta de metal.

No começo, Carolina tentou memorizar todos esses objetos. Iniciou um cuidadoso catálogo em sua mente, fechava os olhos e testava a si mesma. Mas rapidamente descobriu que, toda vez que evocava um objeto em sua memória, ele se desfazia ou mudava. O pássaro na bandeja, que parecera tão esperançoso quando o vira pela primeira vez, tornou-se melancólico em sua mente e desenvolveu olhos de contas: às vezes de ônix, às vezes de safira, de modo que, toda vez que olhava novamente para a bandeja real, tinha a sensação de que não era tão bonita quanto parecera ser. A caixa de laca abriu-se em sua lembrança pouco confiável revelando ovos brancos salpicados de marrom, pedras cinzentas, lisas pela ação do rio, diamantes soltos. Por fim, ela desistiu do projeto de memorização, mas continuou tentando absorver o máximo possível do mundo: a luz de velas no quarto de sua mãe, aves aquáticas aterrissando em seu lago, as dobras de seu vestido branco conforme a costureira o ajustava, acrescentava cem metros de renda e o ajustava de novo. O mundo tinha dificuldades em suportar seu olhar inquiridor. A cegueira nos cantos de seu campo de visão e a água escura do seu lago fundiam-se em uma densa sombra que ameaçava engolir o céu e as árvores que ainda conseguia ver. A floresta parecia perder a profundidade e achatar-se, como se fosse apenas pintada no pano de fundo de uma companhia de teatro itinerante. Tudo dava a impressão de estar em perigo de revelar qualquer horror ou maravilha que o mundo visível agora obscurecia.

Mas a cegueira nunca dava trégua. Na semana anterior ao seu casamento, ela perdeu o carvalho, restando apenas a árvore desconhecida e a macieira silvestre, inteiramente florida de um dia para o outro, como uma noiva emocionada, estremecendo de alegria à mais leve brisa.

Foi então que ela contou a Turri.

※

Na primavera em que Carolina nasceu, sua mãe mandou plantar fileiras e fileiras de roseiras brancas, em preparação para o dia do casamento da filha. Hoje, seus galhos enfeitavam o arco da porta da igreja, presos no lugar com drapeados de tecido fino, arrematados aqui e ali por nuvens de flores brancas que a criada de Carolina chamava de "luz das estrelas" ou por longos tufos de capim verdejante das margens do rio. Uma infinidade de rosas cobria as mesas que os criados arrumaram na noite anterior no gramado, onde duas ajudantes de cozinha agora montavam guarda contra novas tentativas de um robusto corvo ladrão. Ele já havia habilmente roubado um par de garfos e uma faca reluzente nas primeiras horas da manhã, antes de um cavalariço, defendendo sua própria honra na questão, descobrir o verdadeiro larápio e assustar o pássaro, fazendo-o largar a colher que teria completado seu conjunto de talheres. Havia montanhas de rosas no toucador de Carolina enquanto sua criada a ajudava a entrar no vestido e sua mãe ajeitava seu cabelo. A cegueira havia avançado tanto que ela agora via o mundo como se espreitasse através de uma folha de papel enrolado – algumas frases em uma página, um único rosto. Isso fazia toda a ideia do casamento com Pietro, que sempre lhe parecera um estranho sonho do qual poderia acordar a qualquer instante, parecer ainda mais irreal.

Na igreja, seus olhos cada vez mais fracos reduziram as flores que se entrelaçavam acima da porta da igreja a uma névoa de branco e verde, e os parentes e vizinhos reunidos a uma neblina sussurrante. Ela desceu a nave da igreja de memória e adivinhação, dando pequenos passos para evitar tropeçar em seus metros e metros de renda e seda, reequilibrando-se de vez em quando, ao pisar em uma das infelizes rosas que haviam sido espalhadas em sua honra sobre as pedras desgastadas do pavimento. Quase na metade da extensão da nave, ela apreendeu o som de uma voz familiar e voltou-se para ver Turri. Ele devolveu-lhe o olhar como se fosse mais um dia comum e ele estivesse apenas esperando por uma resposta ou seu próximo movimento em um jogo. Ao seu lado, Sophia ergueu os olhos para ela com a astúcia desarrazoada, mas infalível de um gato, absorvendo cada detalhe de seu vestido com avidez e desconfiança.

Carolina, então, voltou os olhos novamente para o altar, onde cem velas bruxuleavam pálidas na forte luz da tarde, gotejando cera quente sobre as faces das conformadas ásteres e flores azuis amontoadas a seus pés. Pietro aguardava ao lado do padre, a luz defletindo ao seu redor: bonito, confiante, sorridente.

※

– Você parece um pássaro – queixou-se Pietro. – Fique quieta. O oceano não vai fugir.

Carolina, que andara girando a cabeça rapidamente de um lado para o outro na vã esperança de capturar a linha da costa inteira em um único olhar, fez o que lhe foi pedido. A vasta expansão de areia branca e a fita azul do oceano que se estendia além dela até o céu desapareceram, substituídas pelo mar em camafeu, um fragmento oval reluzente, pequeno o suficiente para ser pendurado no pescoço de uma mulher, cercado de trevas.

Pietro virou seu rosto para ela e beijou-a.

– Você é tão linda – murmurou. – Acho que nunca poderei amá-la mais do que agora.

Carolina nunca temera a escuridão, mas, durante os ofuscantes dias de sua lua de mel à beira-mar, ela se tornou uma amiga. O oceano cintilante era um verdadeiro tormento para ela, com toda a luz de mil ondas fluindo para dentro de seus olhos limitados, mas, quando a noite vinha, ela se sentia em igualdade de condições novamente: o mundo inteiro também ficava cego. Na realidade, ela assumia uma posição vantajosa. A cegueira a curara de superstições a respeito das qualidades secretas da escuridão, o medo de que as coisas se transformassem e se tornassem estranhas quando não governadas por um olho humano. Através de uma longa associação, ela aprendera que a escuridão não tinha nenhum poder de alterar o que escondia. Sua escova de cabelo ou caneta podia ficar obscurecida pela cegueira, mas, quando estendia a mão para pegá-las, eram as mesmas de sempre. Em consequência, as sombras já não possuíam nenhuma magia para ela. Sua confiança permanecia a mesma à medida que o céu do crepúsculo passava de azul a negro. À noite, movimentava-se com mais confiança até mesmo do que Pietro, cuja dependência da luz do sol o tornava desajeitado no escuro. Assim, era ela quem o conduzia pelos cantos não iluminados da cidade litorânea depois que as lojas já haviam se fechado e os restaurantes haviam se esvaziado, enquanto os garçons jogavam baldes de água nas pedras do calçamento para apagar as provas das festas daquela noite e a música cigana começava a fluir de algumas janelas abertas.

Pietro adorava essas perambulações, disposto a acatar os caprichos de sua jovem esposa pela oportunidade que eles lhe ofereciam de alcançar as curvas indistintas de seu corpo em fuga em um beco escuro, ou de pressioná-la contra os muros de alguma ruela secundária. Ele era um amante ardente, mas delicado, ainda mais terno com ela quando livre da impossível tarefa de forçar seus sentimentos mais profundos à superfície sob a forma de palavras. Carolina estava, em parte, empolgada e, em parte, aterrorizada com a maneira com que ele se transformava no escuro: chocada com os lugares que as mãos dele buscavam e com a maneira como seu próprio corpo despertava e ardia sob elas, espantada em descobrir que o toque de suas próprias mãos podia fazê-lo encolher-se ou gemer, mas, acima de tudo, grata por um mundo em que somente gosto e tato, som e cheiro importavam, onde, mesmo se ela abrisse os olhos, o horizonte se reduzira apenas ao que ainda podia captar: os olhos de Pietro, sua nuca, seu dedo preso entre os dentes dele.

Cada dia, no entanto, era um novo mistério. Levantando-se de sua cama de casal, vestiam-se rapidamente, como o primeiro homem e mulher, agora nus e envergonhados. Suas refeições transcorriam em longos silêncios, pontuados por amenidades parcialmente lembradas. Confuso, Pietro retornava repetidamente ao tema da beleza de Carolina, o que ele ardentemente acreditava que devia agradar a ela tanto quanto agradava a ele.

– Acho que Deus estava praticando quando fez os anjos – ele dizia, estendendo a mão para pegar um punhado de seus cabelos. – Para criar esta linda cabeça.

Carolina não sabia o que dizer diante disso. Os anjos de seu catecismo eram homens ameaçadores, e ela tinha pavor de falar de Deus, no caso de ele se lembrar dela e acelerar a maldição que havia escolhido. Além disso, Pietro não parecia querer ver seus elogios respondidos. Nos primeiros dias de sua lua de mel, confusa com as louvações, ela se restringira às regras básicas de etiqueta.

– Seus olhos também são bonitos – ela disse.

Por um instante, ele sorriu como uma criança mimada, mas rapidamente a luz do orgulho perdeu-se em um ar carrancudo.

– A beleza é um guia cego em um homem – ele lhe disse, provavelmente nos mesmos tons severos com que isso lhe fora dito.

– Sinto muito – ela arriscou.

– Não há por quê – ele disse, mais gentilmente.

Carolina não se lembrava desse comedimento nos meses de namoro, mas os momentos que haviam passado sozinhos juntos antes do casamento totalizavam apenas algumas poucas horas, despendidas em breves períodos arquejantes atrás de moitas e em corredores, trocando beijos ardentes, tateando cegamente em busca do que pudesse estar escondido sob a renda em seu peito ou no côncavo da mão dele. Fora isso, sob o olhar vigilante de sua família, haviam apenas flertado e provocado um ao outro até o dia em que, enquanto sua mãe chorava silenciosamente, Carolina o aceitara como marido.

– Gostaria de ir dançar esta noite? – Pietro perguntou certa tarde, unindo-se a Carolina na sacada do quarto. – Estão erguendo um pavilhão na praia.

As extensões de gaze branca que bloqueavam a luz da manhã esvoaçavam ao redor deles como fantasmas amarrados das brisas do oceano. O sol acabara de desaparecer no horizonte e, no lusco-fusco embaixo, as luzes começaram a aparecer, marcando o caminho das ruas, as entradas dos restaurantes, os quiosques onde vendedores noturnos ofereciam vinho e frutas aos amantes e jovens famílias à beira-mar.

Quando ela não respondeu imediatamente, ele focinhou seu pescoço como um cavalo favorito.

– Não temos que dançar – ele disse. – Você determina.

Carolina virou-se no círculo de seus braços e ergueu os olhos para ele. Cercado pela escuridão, seu rosto bonito era tão franco e esperançoso quanto o de uma criança.

No desespero, ela fechou os olhos.

Pietro beijou-os.

❧

A propriedade de seu marido fazia fronteira com a de seu pai. Na realidade, o rio que alimentava o lago de Carolina vinha das terras de Pietro. Uma de suas curvas era visível da casa de Pietro, ao pé de uma suave colina que descia até uma área de atracação onde dois barcos velhos cochilavam ao sol.

Na primeira manhã depois de sua volta do oceano, Carolina acordou e viu-se sozinha. Os lençóis de Pietro estavam afastados, já frios. Ligeiramente zonza com a repentina liberdade de sua constante companhia, ela vestiu-se, encontrou seu caminho até as escadas e saiu pela porta da frente, andando na direção de seu lago com a compulsão de um pássaro migratório que segue um mapa profundamente gravado mais fundo em sua mente do que seus próprios pensamentos. Ela passou o dia fitando as águas escuras. Sua visão havia diminuído ao ponto de seu campo de visão ficar quase completamente dominado pelas sombras, com dois minúsculos pontos luminosos através dos quais ela ainda podia ver o mundo, como se o fizesse através de janelas no lado oposto de um aposento. Através deles, ela observou a névoa se evaporar e o lago espelhar o céu branco. Nuvens refletidas vagavam pela superfície e desapareciam nos juncos. Aves aquáticas aterrissavam com uma revoada rítmica de asas, lançando o mundo inteiro no caos.

Quando a tarde caía, ela abriu caminho pelo mato, na altura da cintura, que crescia ao longo do rio, de volta à casa de Pietro.

Ela o encontrou na cozinha, comendo frango frio.

– Onde você andou se escondendo? – ele perguntou.

– Onde você acha?

Essa resposta não foi uma piada, mas em outro dia qualquer ele poderia tê-la tomado por uma e sorrido. Quando não o fez, Carolina atravessou a cozinha até onde o marido estava sentado, inclinou-se sobre ele e pressionou seu rosto contra o dele. Ele cheirava como se tivesse acabado de voltar de uma cavalgada – vestígios de suor recente e o cheiro empoeirado, adocicado, de forragem do celeiro.

– Onde você esteve? – ela perguntou.

Pietro plantou um beijo engordurado em seu rosto.

– Aposto que passou o dia inteiro lá fora sonhando sem comer nada – ele disse. Levantou um pedaço de galinha da toalha da mesa. – E então? Não está com fome?

✦

Como não havia nenhuma trilha de sua nova casa até o lago, Carolina fazia um caminho diferente a cada dia: pelo meio dos pinheiros que davam para a casa de Pietro, logo depois do grande gramado da frente, ou abrindo caminho com dificuldade pelo capim da altura da cintura no terreno pantanoso ao longo do rio. Em seus novos aposentos, os baús e as caixas de seus pertences, cuidadosamente empacotados pelas criadas de sua mãe, permaneceram intocados por ela até o dia em que duas criadas de Pietro, já exasperadas, os abriram, penduraram seus vestidos nos armários e arrumaram seus pentes e vasos de flores no toucador e nas mesas, executando todas essas tarefas com precisão impecável para ressaltar sua desaprovação com a falta de interesse de Carolina tanto em seus próprios pertences quanto em sua nova casa.

Três dias após sua volta, Turri ainda não tinha aparecido.

Na manhã seguinte, Carolina abriu a janela para observar os filhos dos criados no quintal ao lado da casa. Cada figura explodia repentinamente das sombras de sua cegueira somente quando ela olhava diretamente para ela, quase como se estivesse espionando através de um vidro. Duas meninas alegremente atiravam ração a um grupo de gansos brancos, como se seu objetivo fosse cegar em vez de alimentar as aves, que continuavam imperturbavelmente gananciosas, apesar da saraivada de grãos duros. Rapazes carregavam baldes de água do poço para a cozinha, gritando brincadeiras e ameaças às meninas mais velhas, que continuavam a pendurar as roupas lavadas no varal como se fossem surdas. A única exceção era uma jovem alta, talvez treze ou catorze anos, que deu a um dos garotos uma resposta bastante ríspida para paralisá-lo no lugar por um longo instante antes de franzir a testa, confuso, e sair correndo. As feições da jovem eram delicadas, emolduradas por cabelos negros, longos e lustrosos.

De longe, ela poderia passar por um anjo de um artista, mas a fúria em seus olhos era inquestionavelmente deste mundo.

Quando uma das criadas chegou com seu jarro de água matinal, Carolina deu umas pancadinhas na vidraça.

– Quem é aquela? – perguntou, apontando para a jovem.

– Liza – respondeu a criada.

– Mande-a vir aqui, por favor – disse Carolina.

Poucos minutos depois, a menina estava no quarto de Carolina, absorvendo todos os ricos detalhes com olhares furtivos e ávidos que acreditava rápidos demais para Carolina perceber.

– Sabe onde é a casa de Turri? – perguntou Carolina.

– É a casa na colina, com os leões – respondeu a menina.

– Ótimo – disse Carolina, pressionando uma carta na mão da jovem.

❧

Naquela tarde, Carolina cortou caminho diretamente pelo meio da floresta de pinheiros. O sol que se filtrava pelos galhos fundia-se em um halo luminoso nos limites de sua visão, emprestando às árvores e ao lago o aspecto de uma pintura sacra.

Turri chegara antes dela. Estava parado na margem, perto de sua casa, e ficou vendo-a se aproximar, vindo do outro lado do lago. Quando Carolina chegou mais perto, sua visão partiu o rosto dele em dois e interpôs lampejos de água escura. Desconcertada sob seu olhar escrutinador, frustrada com sua própria visão, ela dirigiu-se para a casa sem cumprimentá-lo. Ele a seguiu.

– Está igual? – ele perguntou, antes mesmo que ela se sentasse.

Ao ouvi-lo declarar a verdade em voz alta, depois de mantê-la em silêncio por tanto tempo, Carolina foi tomada por uma necessidade premente de negar tudo e recolher-se com seus pais e Pietro para o refúgio da ilusão pelo tempo que ela os acolhesse. Mas o som da voz de Turri também pareceu soltar alguma coisa: tirar um peso de seus ombros, abrir uma janela de par em par no aposento.

Ela balançou a cabeça e deixou-se afundar no sofá.

– Igual – ela disse. – Talvez um pouco pior. É difícil avaliar. É pior com a luz forte. À noite, é melhor.

– Será melhor para você se ficar longe da luz forte – recomendou Turri, virando a cadeira de trás para frente e sentando-se como se montasse a cavalo. Ele devia ter ido direto para lá ao receber seu recado: ainda usava as calças de couro surradas e a camisa de operário larga que vestia em seu laboratório.

– Não avançará tão depressa? – perguntou ela rapidamente. – Posso fazê-la parar?

Turri sacudiu a cabeça.

– Será apenas mais cômodo – respondeu ele.

Enquanto ela esteve fora, alguma tempestade de verão havia rasgado o xale de uma das janelas. Uma grande mariposa marrom lutava para atravessar os fios violetas e cor-de-rosa remanescentes. Conseguindo chegar ao estreito peitoril da janela, ela começou a percorrer toda a extensão de madeira não envernizada, carregando suas belas asas como um fardo incomum. Quando Carolina virou a cabeça para vê-lo, Turri também fitava o inseto.

– E você – perguntou Carolina, em parte por costume e em parte como uma fuga para a segurança de sombras familiares –, o que tem feito nas últimas semanas?

– Estou construindo uma nova máquina para Sophia – respondeu ele.

– O que ela faz?

– Cozinha um ovo. Ela só precisa acender uma vela que aquecerá a água, depositar o ovo pelo tempo necessário e retirá-lo.

– Mas como a máquina sabe quanto tempo é necessário? – Carolina perguntou.

– Passei a semana depois do seu casamento confeccionando velas que queimam um tamanho idêntico a cada minuto.

Carolina riu.

– Por que você simplesmente não lhe dá um relógio? – perguntou ela. – Ela própria não pode contar o tempo?

– Poderia – disse Turri. – Mas ela não gosta de ovos.

Talvez assustada pela risada de Carolina, a mariposa escolheu esse momento para mergulhar de sua plataforma, acima da cabeça de Carolina. Ela enterrou a cabeça nas almofadas. Quando a ergueu novamente, a mariposa havia pousado no xale da janela oposta, aberta, revelando olhos redondos, azul-claros, em cada asa.

– Não podemos matá-la – disse Carolina.

– Não – concordou Turri, levantando-se.

– Você vai ter que levá-la para fora.

– Eu sei. – Cuidadosamente, Turri tirou as tachas que prendiam o xale e envolveu a mariposa nas dobras do tecido. Através da peça fina, Carolina pôde ver suas majestosas asas adejarem. À porta, Turri deixou o xale cair. A mariposa hesitou por um instante na palma de sua mão, depois reuniu coragem e arremeteu-se para longe.

– Quanto tempo eu tenho? – quis saber Carolina.

Turri voltou-se novamente para ela como uma sombra, suas roupas e feições apagadas pela luz brilhante que passava por ele, refletindo-se da superfície do lago.

– Você disse que era como olhar por um papel enrolado – ele disse, tomando seu assento outra vez.

Ela balançou a cabeça.

– Como binóculos de ópera? – ele perguntou. – Ou menos, como um telescópio?

– Como binóculos de ópera – disse ela. – Mas como se alguém estivesse sempre os dobrando muito juntos, de modo que não se possa realmente ver através deles.

Turri franziu a testa e abaixou os olhos para o tapete grosso ao lado da cama.

– Turri...

Ela já não conseguia ver com clareza suficiente para saber se as lágrimas que achou vislumbrar em seus olhos azuis eram reais.

– Por volta do Ano-Novo – disse ele. – O mais tardar.

Vários dias mais tarde, Liza saiu penosamente para a varanda, onde Carolina estava reclinada dentro de uma fortaleza de telas que ela erigira contra a luz, na esperança de ainda assim sentir a brisa da tarde. Os braços finos da jovem estavam carregados com meia dúzia de grandes volumes encadernados em couro. Pietro veio atrás dela:

– Foram mandados por Turri! – ele anunciou. – Nem é inverno ainda! O que ele acha que queremos com livros?

Liza colocou sua carga cuidadosamente ao lado do sofá de Carolina e endireitou-se.

– Devo trazer o resto? – ela perguntou.

– Claro! – Pietro disse, abanando a mão com impaciência. – Vá!

Carolina pegou o primeiro volume, depois se endireitou no sofá e abriu-o aleatoriamente. Uma borboleta extraordinária, cinco vezes seu tamanho natural, esparramava-se na página, pintada à mão em azul e preto, com flocos dourados soltando-se das pontas das asas.

– Uma mariposa! – Pietro exclamou. – Caramba!

Carolina virou a página. Um par de borboletas equilibrava-se em um galho. Uma crisálida pendurava-se abaixo delas. Dentro do casulo translúcido, ela podia divisar os olhos grandes e as pernas encolhidas do inseto modificado, as asas dobradas como pedaços de brocado em suas costas. Os insetos adultos acima dela eram azul-claros, mais pálidos do que o céu, as asas rendadas desbotando-se para uma esplêndida cor creme, interrompida aqui e ali por fragmentos irregulares de preto, como se seu criador tivesse sacudido o pincel atrás deles enquanto fugiam.

Com uma expressão de capitulação, Pietro deixou-se cair ao lado de Carolina e ergueu o próximo volume.

– Pássaros – ele disse.

O seguinte:

– Trajes chineses.

Carolina pegou outro.

– São gravuras da América – ela disse.

Liza saiu da casa estoicamente carregando mais sete volumes e depositou-os aos pés de Carolina, com enorme delicadeza e desconfiança, como se os livros fossem tanto extremamente frágeis quanto cheios de explosivos.

– Liza – chamou Carolina quando a menina se retirava.

Liza virou-se, as mãos enfiadas nos bolsos de seu vestido cinza.

– Obrigada – disse Carolina. – Peça um chocolate na cozinha.

Sem responder ou agradecer, Liza virou-se outra vez.

– Estes são mapas – disse Pietro. – Mas são antigos demais para serem precisos. – Riu. – Olhe só este! – Seus dedos fortes apontaram para um cardume de sereias de seios nus divertindo-se em um mar verde, alegremente alheias à proximidade do precipício de uma grande cachoeira rotulada de *Finisterra*.

Pietro atirou os braços ao seu redor e beijou seu rosto, sua boca, seu pescoço. Em seguida, levantou-se, sacudindo a cabeça.

– Turri é surpreendente!
– Ele é um mistério – Carolina disse.

※

A coleção de ilustrações de Turri era vasta e variada. Ela folheou as vidas de santos, pesadamente iluminadas a ouro, azul e vermelho. Aprendeu os tipos de plantas e legumes americanos, suas flores apresentadas com precisão, as raízes perfeitamente livres de terra. Traçou os cordames de cinquenta famosos navios espanhóis. Observou a fantástica vida selvagem da África: leões, zebras e girafas. Franziu a testa com produtos químicos e suas combinações, e riu com as constelações.

À medida que as folhas se tornaram luminosas e caíram no lago, a cegueira se intensificou. Agora, olhando para a superfície plácida do lago, não conseguia ver nenhuma das margens, apenas um oval cada vez mais fechado, contendo as faces brancas das últimas ninfeias entre os centros avermelhados das folhas largas e planas, fechando-se nas bordas por causa do frio. Mesmo em plena luz do dia, ela agora se movia em perpétua escuridão. Ainda conseguia ver ao longe em seu minguante campo de visão, mas de perto era como se carregasse somente uma pequena lanterna, capaz apenas de revelar o que estivesse diretamente à sua frente.

Quase cega, ela se tornou desajeitada, causando manchas roxas nas pernas brancas ao bater na mobília pouco familiar de Pietro.

– Vão pensar que estou espancando você! – Pietro brincou, quando descobriu uma nova mancha roxa. – Mas você é bonita demais para isso.

Para não perder seu lago para a escuridão, Carolina pegou estacas de plantar com o jardineiro para marcar o caminho mais seguro. Durante vários dias, ela entrelaçou e prendeu grossos cordões de trepadeiras entre elas para guiá-la ao longo do caminho, até suas mãos macias ficarem cortadas e arranhadas.

– Até parece que você andou trabalhando na lavoura – Pietro disse.

Então, certa noite, Carolina derrubou um relógio de seu lugar quando Pietro a conduzia da sala de jantar para as escadas.

O relógio estava em uma prateleira logo acima da altura de seu cotovelo. O corredor era bastante largo para ela ter facilmente evitado o acidente. Mas sua visão havia se contraído tanto que se tornara impossível para ela ver todos os objetos de decoração dispostos no corredor e ainda encontrar seu próprio caminho.

O relógio caiu com uma estridente clangor de carrilhões. Molas e mecanismos espalharam-se por toda parte. O belo mostrador de cerâmica branca com suas margaridas pintadas à mão parecia estar inteiro até ela se ajoelhar para pegá-lo, quando se desfez em cacos em suas mãos.

– Carolina! – Pietro exclamou. – Isso pertenceu à minha avó!

Não havia nenhuma raiva em sua voz, apenas surpresa e mágoa. Quando ele se ajoelhou ao lado dela e começou a tatear desamparadamente entre os estilhaços, evitou seus olhos. Ela percebeu com uma dor aguda que ele acreditava que ela quebrara a peça deliberadamente.

– Não, não! – ela disse, agarrando seu braço. Quase a contragosto, seu corpo vigoroso cedeu e voltou-se para ela. Ambos agachados, equilibrados nas pontas dos pés, impossibilitados de se ajoelhar em meio aos fragmentos de vidro e metal. – Eu não consegui vê-lo, Pietro – ela acrescentou, os olhos repentinamente cheios de lágrimas. – Eu não consigo ver!

Esta era a primeira vez que ele a via chorar. O rio incontrolável de seus pensamentos desviou-se por um instante deste novo galho caído em seu caminho. Ele se levantou, erguendo-a com ele.

– Mas estava bem ali – ele disse, argumentando devagar.

Carolina ergueu as mãos ao lado do rosto.

– Não consigo ver minhas mãos. Não consigo enxergar além delas. Está pior a cada semana.

– Você não consegue enxergar – repetiu Pietro.

– Eu lhe contei – disse ela, suplicante. – Eu lhe contei antes de nos casarmos.

Após um instante, a verdade assomou aos seus olhos.

– Mas você estava brincando! – ele exclamou.

Quando ela se calou, ele envolveu-a nos braços, cobrindo seus olhos com uma das mãos e pressionando seu rosto contra o peito.

※

Na manhã seguinte, ela acordou com ele debruçado sobre ela, protegendo seus olhos da claridade do sol com a mão. Na noite seguinte, ele pegou-a de sua cadeira e carregou-a no colo até o andar de cima.

– Mas não há nada errado com meus pés! – ela insistia.

Por alguma razão, sua cegueira reacendeu nele um desejo que começara a estremecer depois de sua volta do balneário. Ao invés de se retirar para seus próprios aposentos toda noite, como vinha fazendo, ele ficava com ela ou a carregava para o quarto dele.

– Quem é? – ele sussurrava, cobrindo os olhos dela com suas mãos, como se ela tivesse que adivinhar. – Oh, mas eu sou cego! – ele protestava, enrolado em suas roupas enquanto buscava sua carne.

Isso durou uma semana. Ao redor do lago, as árvores renunciaram às suas últimas folhas. Quando seus galhos já estavam negros e despidos, o ardor de Pietro começou a definhar. Ele ainda a acompanhava quando se encontravam por acaso, mas raramente a procurava.

Carolina, de sua parte, não sentia sua falta. Servir de plateia para um homem criado por centenas de admiradores a deixava exausta. Acalmar o desespero dele por causa de sua cegueira, enquanto a escuridão avançava inexoravelmente em seus próprios olhos, estava além de suas forças. O pensamento não declarado de que ele pudesse estar encontrando consolo em outra parte era quase um conforto para ela.

A própria noite se tornara sua companheira favorita, a única que parecia compreender o que a cegueira significava. Ela já não acendia lampiões ou velas para afastá-la: toda noite, abria seus botões e presilhas em completa escuridão. Especialmente depois de quebrar o relógio, ela não ousava vagar pela casa pouco familiar de Pietro, mas nada a impedia de andar a esmo pelos limites de seu próprio quarto, buscando novos mistérios: a renda de louça no vestido de uma estatueta, as curvas lisas de uma tigela de conchas, os contornos longos e escorregadios de seus armários gêmeos.

Quando, por fim, dirigia-se à sua cama, geralmente tirava os lençóis e cobertores e os invertia, com os travesseiros nos pés da cama. Se levantasse o queixo desta posição, o que lhe restava do céu noturno enchia sua visão, as estrelas tão brilhantes quanto podia se lembrar, as bordas da lua ainda intocadas por sua inexorável cegueira.

※

– Talvez você esteja errado quanto ao Ano-Novo – Carolina disse. Fechou um dos olhos, depois o outro, tentando lembrar quais árvores do lago haviam permanecido nos limites do seu campo de visão no domingo anterior. – Acho que não mudou nada esta semana.

Turri fez outro disco pequeno e prateado saltar pela superfície brilhante do lago. Carolina virou a cabeça rapidamente para não perdê-lo de vista antes que ele desse um último salto e desaparecesse nas profundezas do lago.

– O que são? – perguntou ela, estendendo a mão.

– São matrizes – respondeu ele, pressionando um disco na palma de sua mão virada para cima. – Para a minha casa da moeda.

– Sua casa da moeda?

– No ano passado, eu inventei a minha própria moeda – disse-lhe ele, um tom de escárnio na voz.

– Porque a nossa não estava funcionando?

– A moeda é a base de qualquer nova civilização – Turri disse, como Carolina imaginava que um professor faria. – Isso ou um exército. Mas moedas são mais fáceis de produzir em um laboratório.

– Posso ficar com ela? – perguntou.

Turri lançou outro disco no lago sem responder. Carolina abaixou a cabeça para tentar enfiar a moeda não cunhada na abertura de cetim vermelho na cintura de seu vestido. Em seguida, ergueu os olhos novamente para inspecionar as árvores desguarnecidas nas margens opostas. Seus reflexos estremeceram no rastro do jogo de Turri.

– Ou talvez as árvores estejam se movendo – ela sugeriu.

– Não, não estão – disse ele, delicadamente.

❦

Quando as noites de inverno se tornaram mais longas do que os dias pálidos, Carolina desceu e deparou-se com o dr. Clementi, parado sozinho no saguão de entrada, nervosamente acariciando o couro desgastado de sua pasta de médico. Ela sempre gostara do velho doutor: ao contrário dos outros médicos da cidade, ele tinha uma forte consciência de sua própria impotência. Em alguns casos agudos, quando já atingira os limites de seu conhecimento, dizia-se que ele se recusava a fazer um diagnóstico ou prever um tratamento, apesar das súplicas do paciente, enquanto seus colegas o teriam alegremente torturado até a morte.

Pietro, que não a informara da consulta com antecedência, não foi encontrado em nenhum lugar.

– Dr. Clementi – Carolina disse, cumprimentando-o do meio das escadas.

O médico estreitou os olhos através de um par de óculos de aro de metal. Quando a reconheceu, seu rosto abriu-se em um sorriso.

– Olá, minha filha.

– Não está aqui para ver Pietro – ela sugeriu, apeando do último degrau.

Ele sacudiu a cabeça.

– Ele está com uma saúde de cavalo.

– Acho que ele é mais saudável do que alguns cavalos – Carolina disse, indicando com um gesto que ele a seguisse ao jardim de inverno.

Após alguma hesitação, o médico instalou-se em uma cadeira formal de espaldar reto, forrada de brocado vermelho. Carolina deixou-se afundar em um divã ao lado dele. O médico fitou-a, visivelmente angustiado, sem saber como começar. Sua compaixão causava mais sofrimento a Carolina do que seus próprios pensamentos já haviam causado.

Quando se tornou evidente que ele não conseguia falar, ela disse:

– Estou ficando cega.

O médico balançou a cabeça, gratidão e tristeza lutando nas rugas de seu rosto cansado.

Nesse instante, Pietro entrou intempestivamente.

– Doutor! – exclamou calorosamente. – Vejo que já encontrou minha mulher. Obrigado por vir.

O médico resistiu bravamente enquanto Pietro batia em suas costas. Em seguida, Pietro sentou-se ao lado de Carolina e tomou sua mão sem olhar para ela.

– Carolina está com dificuldades – ele disse, em tom confidencial.

– Sei – o médico disse.

– Estou ficando cega – Carolina repetiu.

– Parece que a escuridão está se fechando – Pietro complementou. – Ela bate nas coisas.

O dr. Clementi olhou para Carolina com compaixão, sombras ameaçando-o de todos os lados.

– Achamos que o senhor talvez tivesse algum remédio – disse Pietro, tentando ajudá-lo. – Ou um aparelho.

O dr. Clementi sacudiu a cabeça.

– Não há nenhum remédio para isso.

– Ou ópio – insistiu Pietro. – Para a dor.

– Não há dor – informou Carolina, colocando a mão livre sobre a dele.

– Mas há recursos para olhos fracos – retrucou Pietro. – Eu já vi.

O dr. Clementi, que agora reconhecia seu verdadeiro paciente, observou Pietro com pena.

– Sinto muito – disse, levantando-se. – Nenhum médico jamais sustou o progresso da cegueira.

– Obrigada – disse Carolina.

À porta, o médico parou.

– Já falou com os seus pais?

Carolina balançou a cabeça afirmativamente. Mesmo a distância, e apesar de sua visão deficiente, ela pôde ver que ele sabia que ela estava mentindo.

※

– *Cara mia* – seu pai disse. Ele olhou dentro de seus olhos por um instante, depois desviou o olhar, como alguém o faria do corpo de um pássaro caído na floresta. Carolina fechou os olhos no seu abraço, consolada pelos cheiros familiares de limão e tabaco. Quando a soltou, ele se virou para olhar pela enorme janela, pela encosta da colina, onde as folhas lustrosas de seus arvoredos brilhavam sob a poeira fina da primeira neve. Sua mãe observava-a sem piscar.

Carolina soube no instante em que abriu o convite deles para jantar que o velho doutor lhes fizera uma visita. Agora, ela retribuiu o olhar de sua mãe, que parecia em risco de ser encoberta a qualquer momento pelas nuvens escuras que a cercavam. Pela primeira vez, ela viu os traços finos do rosto da mãe, a renda em seu pescoço, o formato de seus olhos escuros, em vez de buscar uma resposta neles.

Após um instante, sua mãe desviou o olhar.
– Afinal, não há muito a ser visto – ela disse.

※

– Consegue me ver? – sussurrou Pietro.

Grossas nuvens de inverno haviam escondido o sol o dia inteiro e agora encobriam a lua e as estrelas. Como o céu noturno nublado não tinha nada além de mais escuridão, Carolina fechara as cortinas e se instalara na cama assim que a criada a arrumou, sem virar para os pés da cama para poder ver as estrelas. A voz de Pietro veio da porta, mas, sem a ajuda do luar, Carolina não podia distinguir sua sombra da escuridão geral. Sua pergunta a acordara de um sonho: uma casa pegara fogo na neve e o calor das chamas derretia o gelo dos galhos das árvores próximas.

– Não – disse ela, em voz alta.

Pietro entrou no quarto, tateou em busca da beirada da cama e sentou-se nela. Cegamente, sua mão encontrou a curva de seu pescoço, roçou seu queixo e parou, aberta, em sua face. Assim guiado, beijou-a apaixonadamente. Ele recendia a vinho.

Então, ele deitou a cabeça em seu peito, como uma criança.

– Eu sinto tanto – disse, a voz embargada de lágrimas, como se confessasse ter feito algum mal contra ela.

※

Quando o Natal se aproximou, a cegueira avançou novamente, apagando tudo além dos rostos de sua família e criados e o círculo perfeito da lua cheia, minúscula com a distância. Seu lago ficou reduzido a manchas luminosas de neve nas margens, um lampejo prateado refletido na superfície negra, um emaranhado de galhos sem raízes. Ela já não conseguia ver o suficiente do céu para saber de vista como estava o tempo, e só conseguia encontrar seu caminho de ida e volta do lago com a ajuda das estacas e da espécie de corda que trançara e amarrara para guiá-la quando o outono terminava.

– Temos uma chuva de granizo – Turri lhe disse, parado ao seu lado nas margens do lago. Durante a noite, formara-se uma fina camada de gelo transparente que rangia e estalava agora sob o sol fraco. – As pedras de gelo são do tamanho de nozes.

Carolina riu.

– Acho que eu sentiria isso.

– Sim – concordou Turri. – Mas o que você não pode ver é que eu erigi, com o silêncio de um gato, um firme abrigo sobre nossas cabeças. Certamente, você pode ouvir a tempestade batendo. – Um estrondoso rufar acompanhou suas palavras.

Carolina girou a cabeça de um lado para o outro, buscando uma pista para a falsa tempestade conforme ela ecoava pela clareira. Viu o tecido de sua jaqueta, uma janela de sua casa, capim pisoteado na poça sob seus pés, mas ele foi rápido demais para ela surpreendê-lo.

Finalmente, seu olhar recaiu sobre algo que ela reconheceu: seus olhos azuis, sorridentes, o céu branco no alto.

※

Ao se aproximar o dia da festa de Natal de seu pai, só restava a Carolina fragmentos duvidosos do mundo. A escuridão havia dominado inteiramente as bordas de sua visão. Agora, ela mal conseguia divisar um rosto inteiro com um único olhar. Se olhasse para seus olhos, perdia as tranças e pérolas nos cabelos das moças, e, mesmo quando elas falavam, uma sombra passava por suas feições, obscurecendo o nariz ou a boca. De vez em quando, um olhar podia ser dolorosamente nítido: o reflexo de um pássaro, voando acima do lago; o lampejo de uma esmeralda na mão de uma senhora. Porém, mais frequentemente, as sombras se adensavam em cenários até mais luminosos, de modo que agora Carolina vivia em um permanente lusco-fusco que escurecia mais a cada dia.

Desde antes do nascimento de Carolina, a família de seu pai realizava uma festa na semana entre o Natal e o Ano-Novo. Este ano, como sempre, a casa estava apinhada de ramos de azevim, pontilhados de limões e de flores vermelhas da estufa de sua mãe. Guirlandas enfeitavam os consolos das lareiras, os batentes das portas, o corrimão das escadas, com metros e metros de brilhantes fitas douradas. Pavios flamejavam em cada candelabro e cada lampião. As criadas circulavam pela multidão com enormes bandejas de marzipã, na forma de limões, uvas, maçãs, rosas, tomates, leões e cordeiros.

Carolina ficou parada contra a parede do salão de baile, captando vislumbres de amigos e vizinhos conforme dançavam pelas nuvens de fumaça preta.

– Já nos conhecemos? – perguntou Turri, aproveitando-se das exigências sociais para beijar sua mão.

– Não sei – respondeu Carolina. – Talvez possa refrescar minha memória.

– Foi pelo menos há cem anos – disse Turri. – Eu vagava pela floresta havia dias. Você era, pelo que me lembro, um pequeno córrego que não constava de nenhum mapa. Eu mesmo não a marquei no meu, pensando em mantê-la como um segredo meu, mas, por outro lado, nunca consegui achar meu caminho de volta.

– Não me lembro disso.

– Ou talvez eu fosse um marinheiro – continuou Turri. – No navio que você pegou para a Espanha.

– Nunca estive na Espanha.

– Esteve, sim – retrucou Turri. – Você costumava se amarrar ao mastro, para poder ver as tempestades. Era eu quem a desamarrava toda manhã.

– Eu realmente gosto de tempestades – admitiu Carolina.

O forte cheiro de amêndoas misturava-se a toques de uma dezena de perfumes: canela, gardênia, laranja e almíscar. As pontas dos dedos de Turri pousaram de leve na cintura às suas costas.

– Gostaria de dançar? – ele perguntou.

Carolina olhou para ele.

— Só consigo ver seu rosto — disse-lhe ela. — Nenhuma pessoa que esteja dançando, nenhum candelabro.

— Perfeito — disse Turri, pressionando a palma da mão aberta contra suas costas para conduzi-la à pista de dança. Quando ela resistiu, ele a soltou.

— Pietro — ela disse.

Por um instante, o rosto de Turri desapareceu, substituído pela linha de sua orelha quando ele virou a cabeça. Na parede do outro lado do salão, um lampião ardia, a luz interrompida pelas formas dos dançarinos em seus vermelhos, turquesas e peles. Em seguida, os olhos de Turri outra vez.

— Ele está dançando.

— Com quem? — ela quis saber.

Sem responder, ele a conduziu para o meio da pista.

※

Carolina seguiu a claridade da brasa conforme ela subiu para o céu e explodiu, fagulhas brancas girando muito além das bordas de sua visão.

— Você consegue ver isso? — seu pai perguntou ansiosamente. — *Cara mia?*

Carolina balançou a cabeça para o céu.

— Sim? — o pai perguntou. — Isso é um sim?

— Sim — respondeu Carolina.

À meia-noite, todos os convidados mais afoitos haviam se reunido nas margens de seu lago, onde, do lado oposto, dois ciganos lançavam uma pequena fortuna em fogos de artifício que o vendedor alegava ter vindo de tão longe quanto a China.

Outro foguete: azul, gotejando pelo céu em longos arcos como os galhos de um salgueiro. Rojões vermelhos refletidos na superfície negra de seu lago, que se balançava gentilmente com as ondulações que algum convidado provocara, atirando uma pequena pedra ou um último pedaço de marzipã. Explosões amarelas pareciam se transformar em pepitas de ouro espalhadas pela neve embaixo. Carolina só captava tudo isso em fragmentos, em parte vistos, em parte imaginados.

– Está com frio? – perguntou Pietro. Antes que Carolina pudesse responder, ele a envolveu nas dobras de seu próprio sobretudo, de modo que ambos ficaram embrulhados na lã grossa. Presa em seus braços, ela viu cada constelação temporária arder e se extinguir, mesmo quando os outros convidados começaram a voltar para a casa em busca de um pouco de calor ou outro copo de vinho.

Quando a última se apagou, ela continuou a olhar para cima, sua visão temporariamente causticada pela lembrança das faíscas cadentes, mesmo depois do céu noturno ter ficado escuro outra vez, com a exceção das poucas estrelas remanescentes.

※

Como Turri dissera, o Ano-Novo lhe trouxe a escuridão completa. Os poucos resquícios que fora capaz de ver – os olhos dos criados, um pedacinho do horizonte além da janela –, tudo definhou a pontos de luz indiscerníveis. Então, em certa manhã, acordou e descobriu que até aquelas luzes haviam se apagado.

No começo, achou que simplesmente havia acordado muito cedo e teria que esperar o sol se levantar. Mas depois percebeu que a casa estava animada com os sons diurnos: passos nas escadas e sons de pés no telhado acima, talvez alguém removendo o produto de uma forte nevasca, de modo que o telhado não cedesse sob o peso. Lá fora, crianças riam e gritavam.

Onde estou?, ela pensou, repentinamente inundada de terror. Imediatamente, suas mãos se fecharam em torno das cobertas familiares de sua cama, dos travesseiros sob sua cabeça e, tateando mais longe, da quina de sua mesinha de cabeceira, das pétalas suaves de suas flores, dos afiados ornamentos dourados que revestiam seu relógio.

Ela não pudera ver nada disso com clareza nas últimas semanas, mas, com toda a luz agora ausente, esses objetos repentinamente pareciam ser os únicos que haviam sido deixados para ela em uma escuridão viva que podia muito bem ter consumido o resto do mundo. Até onde sabia, ela podia estar flutuando entre estrelas mortas muito acima de um mundo destruído por uma explosão, e este poderia ser o último instante que seus dedos tocariam o verniz liso da mesa antes que ela se afastasse para fora de seu alcance para sempre. Não ousou chamar alguém: se o fizesse, o que quer que tivesse causado esta desgraça poderia voltar e terminar o trabalho, exterminando-a.

Ela poderia ter ficado ali deitada durante dias a fio, as mãos cerradas ao redor das dobras de veludo, até a fome ou o cansaço arrastá-la para um sono diferente. Porém, instantes depois, ouviu passos na escada. Eles pararam à porta, depois entraram sem bater. Conforme o som dos passos se movia pelo quarto, formas familiares começaram a emergir da escuridão. Houve um sussurro de seda ao ser levantada do chão e guardada no armário. Frascos de cristal lapidado de perfumes e cremes tilintaram delicadamente. Os painéis de suas cortinas roçaram o assoalho quando elas foram abertas. O vento soprou pela janela, trazendo com ele a lembrança da longa encosta verde do pátio. O vento era frio e cortante; a mente de Carolina instantaneamente desnudou as árvores de verão de suas folhas e cobriu os jardins de neve.

Um jarro de cerâmica moveu-se rapidamente pelo assoalho. Folhas e pétalas roçaram-se. Houve o barulho de água jogada no telhado que ficava abaixo da janela aberta e uma água nova foi calmamente entornada no jarro.

Então, os passos cessaram, a pouca distância da cama de Carolina. O quarto ficou em silêncio. Na ausência de sons, a escuridão correu para dentro outra vez e parou, fervilhando, na porta aberta. Sua cama, seu relógio, suas roupas de seda familiares enfrentaram-na com firmeza. Mas a outra figura no quarto era esquiva: um par de chinelos de pano, um avental, uma única mão pálida, desfazendo-se em nada onde a pessoa deveria estar.

– Quem é? – perguntou Carolina.

Os passos se viraram e saíram do quarto sem dar resposta.

✣

– Vou carregá-la – disse Pietro.
Carolina sacudiu a cabeça.
– Mas já faz semanas desde que você esteve no térreo.
– Não consigo ver nenhuma diferença.
– Acenderemos a lareira. Você sentirá o calor.

Carolina estava sentada na banqueta adamascada diante de sua penteadeira, onde dois espelhos flanqueavam outro maior, refletindo sua imagem perdida em ângulos infinitos. Durante dias – podiam ter sido semanas – ela navegara pelo pequeno quarto em absoluta escuridão, recuperando seus elementos das sombras um a um. Agora, podia sentar-se na cama sem primeiro tatear cegamente para encontrá-la. Podia abrir a janela ou fechá-la. Podia estender a mão para um perfume com a segurança de quem podia ver. Mas ainda não estava disposta a descer ao térreo, onde tudo seria estranho para ela, e aturar a compaixão de Pietro e a curiosidade dos criados.

Seus olhos, embora não pudessem enxergar, ainda lhe obedeciam de outras formas. Agora, ela os ergueu para o espelho, para perto de onde o reflexo de Pietro deveria estar.

Atrás dela, Pietro remexeu-se nervosamente.

– Gostaria de poder ajudá-la – disse ele.

Carolina levantou-se, atravessou o quarto pelos pés da cama e virou-se com precisão para encontrá-lo junto à mesinha de cabeceira. Tirou uma rosa do vaso de flores, encontrou sua mão e dobrou seus dedos ao redor do cabo.

– Carolina – ele começou a dizer.

– Estou feliz por você ter vindo – ela disse.

※

Todos os dias, Liza vinha pentear os cabelos de Carolina e prendê-los outra vez. Certa manhã, muito depois de Carolina ter perdido a noção dos dias, ela perguntou à jovem:

– Você é necessária à tarde?

– A quem, senhora? – perguntou Liza.

Carolina não sabia.

– Na cozinha ou... em outros aposentos.

– Isobel serve à noite – Liza lhe disse. – Geralmente, eu vou embora ao meio-dia.

Uma volta, um grampo, uma volta, um prendedor. Liza separou outra mecha do restante dos cabelos de Carolina e começou a escová-la.

– Gostaria que você me trouxesse alguns livros – Carolina disse.

– Que livros?

– Aqueles que o *Signor* Turri trouxe.

Liza prendeu a última mecha no lugar, desnudando a nuca de Carolina.

– E gostaria que você ficasse aqui com eles – acrescentou Carolina.

Quando Liza voltou à tarde, Carolina estava sentada em uma das poltronas que ficavam junto à janela ao pé de sua cama. Ela havia olhado por aquela mesma janela uma centena de vezes antes e possuía inúmeras lembranças da fileira de pinheiros que limitava a floresta ao longe. Mas, quando tentou evocá-las para substituírem a visão perdida, as lembranças se alteraram e desbotaram. Os troncos fortes de cada árvore desapareceram. As longas agulhas desfizeram-se em uma névoa. Às vezes, um álamo, amarelo do outono, surgia entre eles sem ser convidado. Às vezes, uma fileira inteira de pinheiros era substituída pelas árvores que davam para a propriedade de seu pai, que tiveram anos para se enraizarem em sua lembrança antes de jamais ter visto as terras de Pietro. Quanto mais se concentrava, mais rapidamente a floresta em sua mente se alterava e se perdia.

– Eu trouxe os livros – ela disse.

– Obrigada – Carolina disse.

No vão da porta, Liza deu um passo atrás sob o olhar cego de Carolina.

– Pode trazê-los aqui – Carolina lhe pediu.

Por um instante, fez-se um silêncio absoluto. Em seguida, Liza atravessou o quarto e parou ao lado da poltrona em frente à de Carolina.

– Por favor, sente-se – Carolina disse.

Liza obedeceu.

– Quais você trouxe? – Carolina perguntou.

O couro roçou contra o tecido de encadernação e um livro se abriu.

– Mapas – Liza respondeu.

– Não – Carolina disse. – O que mais?

Ouviu-se a batida de um conjunto de páginas. Outro livro se abriu.

– Pássaros – Liza anunciou.

Carolina sacudiu a cabeça.

– Flores e frutas estranhas – Liza disse.

– Da África – Carolina disse, citando o título de cor. – Flora e vegetação. Abra esse.

– Há uma árvore que parece um monstro – Liza disse.

– Ótimo. O que mais você vê?

– Árvores com macacos.

– Que tipos de árvores?

– Têm folhas parecidas com leques, do tamanho do meu braço. Brilham como verniz. Esta árvore cresce para cima e para baixo. Possui cem troncos. Há um homem lá dentro, entre os troncos, de pé, olhando para fora. Esta é uma flor.

– Como uma de nossas flores?

– Não – Liza disse. – Como um leão rugindo, com penas no lugar de dentes. Mas seu rosto é vermelho e suas listras são brancas. Aqui tem um lírio da altura de uma criança. É amarelo. A criança é branca.

– O que há na página seguinte?

– Na seguinte, há um pássaro com cara de macaco.

Isto era mentira. O livro fora um dos favoritos de Carolina e não tinha tal criatura.

– Não – Carolina disse. – É uma árvore chamada jacarandá. É prateada com flores roxas, e ladeia todas as ruas da cidade.

Liza ficou em silêncio.

– Continue – Carolina disse, após um instante.
– É uma fruta – Liza disse finalmente. – Com espinhos, como uma rosa.

※

Naquelas primeiras semanas, a escuridão era completa. Mas depois Carolina começou a ver outra vez, em seus sonhos.

No começo, os vislumbres eram tão exíguos que podiam não ser mais do que recordações: o sol atravessando pelo meio das folhas novas da primavera, que pareciam estar sob o risco de se desintegrar em seus raios; uma caixa que sua mãe mantinha junto à sua cama, tecido vermelho, bordado com um papagaio branco; uma fruteira de prata cheia de limões. Em seguida, porém, as imagens desgarradas começaram a se transformar em acontecimentos que ela sabia que nunca tinham ocorrido. Seu pai levantou a tampa de um cesto de ameixas e descobriu que estava guardado por uma víbora branca de olhos cor-de-rosa. Pietro saltou pela porta da frente e, com uma risada, subiu para o céu.

Carolina levou talvez uma semana para separar os fragmentos de seu sono da memória e compreender que ela podia ver novamente em seus sonhos. Assim que teve certeza, começou a fazer tentativas de exercer sua vontade no mundo irreal. Pietro podia voar. Por que ela não poderia? Mas a capacidade de voar não veio imediatamente. Ela começou apenas se virando. Se por acaso se via subindo escadas em um sonho, ela parava, fazia a volta e começava a descer. Às vezes, se descobria no meio de um jogo, mas isso não significava que tivesse que jogar. Enquanto os homens faziam rolar as bolas de madeira, ela saía furtivamente e desaparecia na plantação de limoeiros ou se perdia na floresta. Podia emergir das árvores outra vez em uma estrada pavimentada de conchas ou descobrir um novo oceano batendo do outro lado da plantação.

Nas festas de seus sonhos em casas desconhecidas, ela começava a abrir portas, retroceder por elas e fechá-las atrás de si antes que qualquer um dos demais convidados notasse. Uma porta a conduziu para um aposento repleto de centenas de estátuas brancas de figuras humanas, não maiores do que pombos, arrumadas em pequenas estantes nas paredes altas. Outra se abriu para uma clareira ao pé de uma árvore gigantesca com a pele lisa de um elefante. Flores azul-claras haviam conseguido florir em sua casca como se fossem musgo. Certa vez, ela retrocedeu não para um novo aposento, mas para uma galáxia fria pela qual começou a cair perpetuamente, o coração descompassado, os pulmões doendo de medo, até que finalmente acordou, grata naquele instante de se ver numa simples escuridão.

❦

Alguém bateu em sua porta outra vez, tão impecavelmente quanto o anjo da morte.

Carolina se desvencilhou dos braços do sono. Não fazia a menor ideia das horas, nem mesmo da estação do ano. Puxou as cobertas sobre o peito e sentou-se.

– Sim? – disse.

A porta se abriu.

– Seu pai está lá embaixo – disse Liza. – São três horas da tarde.

Carolina sacudiu a cabeça. Não via seu pai desde que perdera a visão, e ele não enviara nenhum aviso de sua visita com antecedência.

– Não estou vestida – Carolina disse.

– Estão esperando no jardim de inverno – acrescentou Liza.

Carolina abaixou a cabeça e pressionou a base das palmas de suas mãos contra os olhos.

– Eu a ajudarei – Liza disse.

Carolina assentiu e afastou as cobertas.

Em poucos minutos, elas haviam abotoado Carolina em um vestido dourado pálido e Liza havia torcido e prendido os cabelos de Carolina.

Um par de brincos de pérolas em forma de lágrima pendia de suas orelhas e um cordão de pérolas assentava-se pesadamente ao redor do pescoço.

– Pronto – disse Liza. Laca raspou sobre vidro quando ela colocou a escova de cabelos na penteadeira.

Carolina levantou-se e atravessou o aposento até a porta, onde parou por um instante, as duas mãos pressionadas, abertas, contra a caixa torácica, como se a mantivesse fechada depois que um bando de pássaros já houvesse escapado.

– Obrigada – ela disse.

Desceu rapidamente as escadas principais. A poucos degraus da base das escadas, ela captou o som de vozes no jardim de inverno e parou.

– É claro que você nunca poderia ter sabido – disse Pietro, educadamente.

– Não – seu pai insistiu, a voz trêmula de lágrimas. – Deus não faria isso sem um aviso. Houve alguma coisa que eu não vi.

Ao som do sofrimento do pai, Carolina se virou e correu de volta escada acima. No primeiro patamar, colidiu com Liza. Carolina agarrou a jovem pelo pulso e empurrou-a para o canto mais afastado, onde não poderiam ser vistas.

– Diga-lhes que não conseguiu me acordar – Carolina sussurrou ferozmente.

Então, reprimindo as próprias lágrimas, reuniu suas saias e deslizou furtivamente de volta ao seu quarto.

※

Em seus sonhos, Carolina tentava fazer duas coisas: voar e encontrar seu lago. O lago deveria ter sido fácil de alcançar, especialmente de um terreno conhecido, como a casa de Pietro ou a plantação de limoeiros de seu pai, onde seus sonhos sempre começavam. Mas todas as vezes o lago havia desaparecido quando ela chegava ao local, substituído por um campo de lírios cor-de-rosa, uma colina verdejante, um bosque de árvores antigas. Sua casa se tornava uma casca queimada pelo vento, a cabana de um lenhador ou, certa vez, uma loja que vendia rendas e doces.

Ela tentou voar de centenas de maneiras diferentes: pulando do alto de uma escada; atirando-se de telhados, janelas e árvores; batendo os braços e as saias; correndo e saltando do monte de terra batida de onde os filhos dos empregados faziam suas corridas. Mas finalmente começou a voar quando não estava tentando. No meio de uma floresta forrada de violetas negras, ela se viu erguendo-se da trilha. Já estava a três metros do chão até acreditar no que estava acontecendo e um andar mais alto até perceber que não conseguia parar de subir. Agarrou os galhos de uma árvore para não continuar subindo irremediavelmente para o espaço e veio descendo cuidadosamente pelo tronco. Após alguns experimentos na proteção do tronco, aprendeu o suficiente da nova mecânica para navegar entre os troncos vigorosos em arrancadas e impulsos repentinos, e a subir e mergulhar como quisesse.

Essas florestas eram reais. Ela as visitara muitas vezes quando criança para colher flores e atirar dentro do seu lago de modo a ler sua sorte pela maneira como flutuavam ou afundavam. Se seu sonho procedesse, o lago deveria estar apenas a um voo curto de distância. Tremendo, Carolina deixou-se subir entre os ramos até sair acima das copas das árvores para o forte sol italiano. Ela mergulhou para provar a si mesma que podia voltar ao solo, arrancou uma das folhas altas e deixou-a cair por entre os dedos enquanto se elevava ainda mais, dominando do alto uma extensa vista dos campos e das casas em seu vale, mais ampla do que qualquer outra que já tivesse visto.

A casa de seu pai estava onde deveria estar, telhas vermelhas e estuque branco, lampejos de estátuas no jardim, arvoredos descendo a encosta em fileiras regulares. A casa de Pietro também estava lá, com a longa estrada ladeando os pinheiros. A casa de Turri brilhava no alto da colina seguinte. Ela ergueu-se mais alto e avistou o rio que alimentava seu lago. A fita prateada cortava um caminho preciso entre as árvores, depois desaparecia exatamente onde deveria ter se alargado na clareira.

Carolina planou mais baixo, lançando um olhar pela região, caso o lago tivesse escorregado de seu lugar, como costumava acontecer nos sonhos. Mas ele não estava espreitando de trás da colina seguinte, nem perdido nas terras atrás da casa de Pietro. Ela deu um volteio até o rio e deslizou pela superfície do córrego brilhante até as árvores se fecharem acima de sua cabeça.

Ali, exatamente onde deveria estar, estava seu lago, escondido do céu por um bosque de plátanos maciços que haviam lançado raízes nas águas rasas. Entre elas, o rosto perdido nas trevas, estava um homem. Com água até a cintura, ele brandiu um pesado machado contra a base larga de uma das árvores.

No pátio, um estrondo e um grito, e ela acordou.

※

Eram altas horas da noite quando Carolina aventurou-se ao térreo pela primeira vez desde que ficara cega. Ficou parada por um tempo inestimável na porta aberta de seu quarto, buscando ouvir qualquer sinal de que tudo que havia além não fora apagado pela escuridão. Foram os arrulhos e arranhões dos pássaros no telhado que lhe deram coragem para sair e pisar no tapete macio. Dali, ela simplesmente virava-se e buscava, como fizera centenas de vezes antes, o apoio liso da grossa balaustrada. Ela a guiou com segurança pela ampla escadaria e depositou-a em outro carpete no corredor central de Pietro. Ali, longe dos ruídos dos pássaros, seus próprios passos abafados pela lã, o silêncio era tão profundo que a escuridão invadiu-a, ameaçando consumi-la. Em vez de se acovardar, estendeu a mão e agarrou a maçaneta da porta da frente. Diante desta prova da existência do mundo, a escuridão recolheu-se. Ela começou a tatear seu caminho pela casa.

Começou pelas bordas dos aposentos, os dedos percorrendo as paredes lisas interrompidas por frias janelas. Ela espalmou as mãos pelos estofados de brocado, tentando se lembrar se era verde ou dourado. Esbarrou em vasos de palmeiras nos cantos. Os rostos ásperos dos diversos retratos nada tinham a lhe dizer, mas suas molduras eram tal sinfonia para as pontas de seus dedos que ela se perguntou se o estilo rebuscado não tinha sido inventado, talvez, por um artista desconhecido para sua esposa cega, agora há muito esquecido.

Algumas coisas haviam mudado. Por toda a casa, novas velas foram espalhadas para fazer frente à escuridão do inverno. Por alguma razão desconhecida, Pietro mandara arrastar o piano para o meio do jardim de inverno, com a tampa aberta, apesar de nenhum dos dois tocar.

— O que você está fazendo aqui? — ela murmurou, tocando as teclas silenciosas. Aqui e ali, ela encontrou estatuetas novas: um par de minúsculos elefantes, um com a tromba relaxada, o outro trombeteando; um novo globo com os continentes em alto-relevo; uma peça pequena no console da lareira do salão, de cerâmica, cheia de espigões e lugares lisos, que permaneceu um mistério, apesar de repetidas visitas.

Toda noite, ela avançava mais um pouco. Por fim, começou a arriscar-se pelo centro dos aposentos, navegando ao redor de aparadores e carrinhos, sofás e mesas. Pietro não tinha uma biblioteca propriamente dita, mas ela retirou livros de suas poucas estantes e sentou-se com eles no colo, imaginando as páginas não vistas, ora cheias de contos heroicos, ora de versos, ora de histórias de cidades perdidas. Ela aprendeu a entrar na sala de jantar e atravessá-la firmemente em direção à sua própria cadeira. Encontrou o chocolate e a farinha da cozinheira, suas cebolas, seu vinagre. Entrou no salão e abriu as cortinas de par em par para o céu noturno, depois as fechou novamente.

※

Durante semanas, suas explorações continuaram em perfeito silêncio. Então, certa noite, Carolina ouviu passos no aposento ao lado.

Ficou paralisada. Uma de suas mãos se fechou no pesado castiçal que andara examinando. Os passos entraram no corredor principal. Ela permaneceu no salão. Quando ficou imóvel, os passos também pararam.

Carolina atravessou o amplo aposento e correu pelo corredor, entrando no jardim de inverno. Um rápido toque revelou que o piano não fora removido de seu novo lugar e que a tampa ainda estava aberta, formando uma enorme sombra que a esconderia do resto do aposento. Ela tomou posição do outro lado do piano e ficou imóvel novamente, mas os passos não a seguiram. A casa respirava normalmente. Em seguida, vários cômodos adiante, ouviu um rangido e um baque surdo quando uma porta foi aberta e fechada.

Algumas noites depois, quando Carolina investigava as sempre diferentes frutas e legumes na bancada da cozinha, ouviu o som de passos novamente quando tropeçaram em uma cadeira na sala de jantar. No mesmo instante, ela atravessou a porta de vaivém da cozinha e abriu-a. Ficou parada na soleira entre os aposentos e prendeu a respiração para não perder o mais leve som. Desta vez, a fuga dos passos foi quase inaudível, exceto por um farfalhar de papel amassado na despensa onde as meninas aparavam e arranjavam as flores do jardim.

Na noite seguinte, os passos encontraram Carolina no jardim de inverno onde ela estava junto à janela, manuseando o braço de um violino despido de cordas. Imediatamente, ela recolocou o instrumento no estojo.

Os passos cessaram.

Carolina partiu a passos largos na direção do último som que ouvira, desviando-se perfeitamente do piano, de um divã e de uma mesinha baixa.

Os passos não tiveram tanta sorte. Em grande confusão, colidiram com a porta, mergulharam por ela e, aos tropeções, entraram no escritório de Pietro, um cômodo pequeno dominado por um par de imponentes escrivaninhas, cujas superfícies eram totalmente cobertas por cartas, contratos e circulares, pedaços de fumo, tocos de lápis, tinteiros e penas rombudas.

Implacável, Carolina rodeou o pequeno espaço, as palmas abertas roçando as paredes, as cadeiras, as frentes das escrivaninhas. No entanto, por medo ou compaixão, não afastou as cadeiras para tatear embaixo delas.

Em vez disso, ela esperou.

Os sombrios minutos transcorreram um após o outro. Então, sons muito leves: um chiado, uma respiração.

– Eu posso ouvir você – disse Carolina.

Então, virou-se e saiu.

✾

A primavera chegou pela água. A chuva tamborilava em suas janelas e dava cambalhotas no telhado. O gelo derretia-se em corredeiras que escorriam pela fachada da casa ou caíam em altas quedas d'água do parapeito das janelas. O pátio, que estivera silencioso durante todo o inverno, repentinamente se animara com vozes. A cozinheira ralhava com a lavadeira, os meninos e os gansos. Os rapazes cantavam canções obscenas que pareciam ter centenas de versos. O jardineiro dava risinhos de satisfação às tentativas desajeitadas das crianças de cometerem diabruras.

Através da janela, Carolina podia sentir o sol na pele e marcar seu progresso conforme a luz subia do chão para sua cama, brincava com seus dedos, roçava seu rosto e depois caía com todo o peso sobre seu corpo, antes de desaparecer furtivamente, à tarde. Durante todo o inverno, o sol fraco e a lua eram a mesma coisa para ela. Nenhum dos dois era forte o suficiente para dispersar a sensação de que ela sempre se movia pela mesma noite interminável. Mas agora o sol dividia sua vida novamente em dias, e o som constante de outras vozes humanas lhe provava repetidamente que ela não era, como sua cegueira às vezes insinuava, a primeira pessoa no mundo.

E seu coração, que ela podia acreditar ter sido apagado juntamente com sua visão, começou a voltar à vida. Ainda petrificado com a perda, retraía-se da ameaça do amor, recolhendo-se imediatamente à ideia da voz de seu pai, do olhar inquiridor de Pietro ou das visitas que ainda fazia ao seu quarto todos os dias. Ele chegava pela manhã, às vezes trazendo sua bandeja do café da manhã, e ficava tagarelando, contando mexericos ou pequenas emergências na casa, até que sua limitada coleção de tópicos se esgotasse. Finalmente, caía em silêncio enquanto Carolina buscava alguma coisa a acrescentar, desalentada pelo fato de que ele podia estar olhando para suas mãos, seu rosto ou pela janela, e ela não tinha como saber. Quase imediatamente, entretanto, essa inquietação seria dominada pelo seu novo e constante temor – de que qualquer coisa que ela não pudesse ouvir tivesse desaparecido. O medo era tão grande que, quando Pietro ficava em silêncio por muito tempo, ela o imaginava engolido pelas mesmas sombras que haviam levado sua visão. Nesses momentos, cheia de remorso, procurava-o com tal urgência que apenas o confundia e perturbava. Amor, nessa escuridão sem pontos de referência, era demais para pedir. Mas, sob o contato do sol de primavera, seu coração realmente começou a ansiar por antigos consolos.

Algumas semanas depois do começo da primavera, enquanto o resto da casa dormia, ela desceu a escada e saiu silenciosamente pela porta da frente. A noite se abateu sobre ela, carregada de sereno e terra revirada, o aroma doce e pungente de tulipas e jacintos, o peso de todo o céu escuro abaixado para beijar a curva da terra.

Fechou a porta atrás de si e livrou-se dos chinelos. Em seguida, pisou no passeio de lajes, um pé na pedra e outro na grama. Andou assim por cerca de vinte passos, até o caminho terminar na estrada que passava pela casa de Pietro, separando-a da floresta de pinheiros do outro lado. Carolina ouviu atentamente por um instante, depois atravessou a estrada correndo, parando quando suas saias roçaram no capim alto do lado oposto. Estendeu a mão à procura da estaca que deveria alcançar a altura de seu quadril, bem à mão: a primeira das varas e corda que ela havia plantado naquele outono para conduzi-la de volta ao seu lago.

Não estava lá.

Carolina sacudiu ligeiramente a cabeça e firmou o queixo. Em seguida, ajoelhou-se no capim molhado, os braços varrendo a vegetação nova e macia em grandes arcos, como uma criança fazendo um anjo na neve.

Nada ainda. Arrastou-se um pouco mais para longe, os joelhos marcados por gravetos e capim, a camisola e o robe molhados. Sem sorte, levantou-se.

A seguir, começou a dar grandes passadas, as palmas das mãos estendidas, para dentro da escuridão. Após alguns passos, seu pé torceu-se em um pedaço de madeira. Quando se abaixou para pegá-lo, sentiu a conhecida corda de jardineiro, amarrada com seu próprio nó. Largou a estaca e enrolou a corda nos dedos. Outro mourão, desamarrado, ergueu-se para sua mão sem resistência.

Lágrimas afloraram aos seus olhos. Avançou aos poucos, vacilante, no solo irregular, guiada pela corda áspera. Uma terceira estaca solta ergueu-se da terra, e uma quarta. Ambas estavam enlameadas, com folhas úmidas grudadas. Até onde sabia, a guia de estacas e corda que ela fizera podia ter sido arrastada para bem longe do caminho que marcara. Mas, quando puxou o pedaço de corda seguinte, ela não cedeu.

– Por favor, por favor – disse em voz alta enquanto prosseguia, seguindo a corda. Terminou em uma quinta estaca, ainda fixa na terra molhada. Carolina ajoelhou-se, cobriu a madeira úmida com as duas mãos e apoiou a testa nas juntas dos dedos. Em seguida, endireitou-se e seguiu a corda até o próximo mourão, e o seguinte, continuando assim floresta adentro.

A trilha que ela marcara estava desimpedida no outono, mas o inverno e a primavera a entulharam de galhos quebrados e transformaram trechos dela em ravinas rasas e outros em poças fundas. Quando Carolina finalmente atravessou o bosque e contornou o lago, suas mãos sangravam e os pés estavam dormentes. Seu robe molhado grudava-se nas pernas e no ventre.

A corda terminou na última estaca que ela fincara, à beira d'água, diretamente abaixo de sua cabana. Carolina largou a corda e desceu a margem cuidadosamente, onde se agachou para lavar as mãos na água gelada. Em seguida, levantou-se e, de memória, caminhou os poucos passos até sua cabana.

※

Ela acordou com um toque delicado em sua face. Demorou-se ali por um instante, depois começou a traçar a curva de seu rosto até o canto do olho. Sorrindo, Carolina ergueu a mão para afastá-lo. Seus dedos tatearam contra as pesadas asas de uma mariposa, que ficou frenética de terror. Por um instante, o estranho corpo do inseto bateu contra sua pálpebra, antes de recobrar os sentidos e voar para longe do alcance. Tarde demais, Carolina escondeu o rosto nos veludos, mas o medo escoou rapidamente de seu coração conforme o aposento familiar tomou forma à sua volta mentalmente: a lareira, ainda enegrecida com o fogo do Natal, a cadeira de madeira junto à pequena mesa, o quadrado de luz que ela podia sentir claramente, recaindo sobre seu ombro nu.

Se a mariposa havia entrado, no entanto, devia haver uma janela quebrada.

Carolina ajoelhou-se, localizou o peitoril da janela – e viu sua investigação interrompida por um de seus xales, que havia sido perfeitamente pregado no lugar. Não apenas isso, mas a janela do outro lado do pedaço de seda estava aberta: ela podia ouvir a floresta sussurrar e respirar mais além, e sentir um vento leve, mais um suspiro do que uma brisa. Era impossível que seu pai não tivesse fechado a casa para o inverno. Quem a teria aberto?

Entretida com esse mistério, enfiou-se novamente entre as cobertas de veludo. Ao pé do sofá, alguma coisa espatifou-se no chão: uma tigela, talvez, cheia de bolas de gude ou conchas que se espalharam pelo assoalho de madeira até os cantos mais distantes.

Lá fora, da margem do lago, uma voz impetuosa perguntou:

– Quem está aí?

Carolina deu uma risada. Em seguida, puxou a coberta para cima, cobrindo o peito nu.

– Turri?

Instantes depois, passos ressoaram nos degraus da cabana. A porta rangeu.

– Tem ficado aqui durante todo o inverno? – perguntou Carolina.

– Quem me dera – respondeu Turri.

Ele era a primeira pessoa com quem ela falava fora de sua casa desde que perdera a visão. Por um instante, a timidez a paralisou. Depois, ergueu os olhos para o que imaginava ser o rosto dele.

– Sou muito mais alto do que você imagina – disse-lhe Turri. – Este é o terceiro botão da minha camisa.

Carolina ergueu mais os olhos.

– Meu nariz romano – ele disse.

Ela sorriu e fez nova tentativa.

– Pronto – ele disse. E se calou.

Uma cadeira arrastou-se pelo assoalho.

– Então, a corda e as estacas eram para isso? – ele perguntou.

Ela confirmou, balançando a cabeça. Novamente, silêncio. Nada podia lhe dizer se ele estaria fitando seus olhos cegos ou olhando para o lago lá fora. Ela franziu a testa.

– Sua visão desapareceu? – perguntou ele, delicadamente.

– É como luz. Movendo-se do outro lado de uma cortina grossa. Quando está escuro, nada.

– Foi o que pensei quando você não veio ao lago – disse Turri. A cadeira estalava conforme ele se inclinava para frente ou para trás. – Eu queria lhe enviar alguma coisa, mas não sabia o que mandar.

– Liza tem me contado mentiras sobre as figuras em seus livros – Carolina contou-lhe.

– Isso é maravilhoso. Devia deixá-la contar tantas mentiras quantas pudesse. Eu, por exemplo, estou construindo uma máquina de voar. Para não alarmar nossos vizinhos, eu só a uso à noite. Desde que a neve derreteu, tenho passado a noite em meia dúzia de árvores.

– Quisera pudesse me levar.

– Só tem lugar para um – retrucou Turri. Depois, se enterneceu. – Mas eu poderia ensiná-la a dirigi-la você mesma.

Carolina sacudiu a cabeça e espalmou as mãos no veludo macio.

Lá fora, talvez do outro lado do lago, alguém chamou seu nome.

Pietro. Ela percebeu de novo que estava nua.

Turri já se levantara.

– Irei antes que ele me veja – ele disse, falando baixo.

Em seguida, silêncio. Nenhum passo nas escadas, nenhum estalido da porta o denunciou, como se ele realmente tivesse subido através do telhado, levado por uma máquina de voar.

– Carolina! – Pietro gritou novamente, agora mais perto.

Passos firmes, apressados, atravessaram a grama úmida e subiram a escada. Pietro abriu a porta. Em um instante, seus braços a envolveram, as mãos frias, o hálito quente, o peito e a testa molhados. Quando a ergueu junto a si, algo macio e redondo pressionou as costelas de Carolina. Carolina estendeu a mão e tocou em cetim.

– Você deixou seus sapatos – disse ele, explicando-se. – Eu os trouxe para você.

Sem soltá-la, ele deixou os chinelos caírem no chão ao lado da cama, depois espalmou as mãos bem abertas sobre sua pele nua. Beijou suas faces e pressionou o rosto dela contra seu pescoço.

— Uma criada os encontrou, mas eu mesmo vim buscá-la.
— Obrigada — murmurou Carolina.

A respiração dele desacelerou e se tornou profunda. Sua mão fechou-se em seus cabelos. Ele beijou o lado de seu rosto, seus ombros nus, a poeira e o sal na curva de seu pescoço, e a empurrou para trás, sobre os travesseiros do sofá.

❦

Antes mesmo de Carolina e Pietro emergirem dos pinheiros, ela pôde ouvir que todos os criados haviam saído para o pátio da frente. Crianças riam e soltavam gritinhos nas agonias de algum jogo. As mulheres murmuravam umas com as outras. Os homens davam ordens e outros as recusavam com a mesma força.

Quando os dois saíram da floresta, ouviu-se uma gritaria geral, e o bando inteiro correu para mais perto. Mãozinhas puxavam seu robe rasgado. Adultos tocavam seus braços, sua cintura, seu cotovelo. Como um cavalo teimoso, Carolina estancou e virou o rosto contra o peito de Pietro.

Pietro riu.

— Tudo bem — ele disse. — Para trás. Não há nada de errado. Estamos voltando de uma caminhada.

A tagarelice das vozes ao redor deles elevou-se com perguntas e protestos, mas as mãos a abandonaram, deixando apenas as de Pietro. Ele praticamente a carregara por todo o percurso desde o lago, já que seus pés maltratados não suportavam seu peso sem dor. Agora, conduziu-a pelo gramado, pelo caminho de lajes de pedras e para dentro de casa. A porta deixou do lado de fora os barulhos dos criados e dos pássaros, e ficaram repentinamente em meio ao silêncio.

Pietro tomou sua mão e a colocou no corrimão.

– Sabe onde está? – ele perguntou.

Ela balançou a cabeça.

Pietro ergueu sua mão outra vez, agora para beijá-la.

– Se você consegue andar pela floresta – disse ele racionalmente –, descerá para o jantar de agora em diante.

※

– É outra borboleta – Liza disse. – Com asas como um tigre.

Durante a última hora, Liza tinha sido inflexivelmente fiel em suas descrições. Carolina, esperando que ela desandasse a inventar, vinha sendo igualmente inflexível em suas inquirições.

– E a página depois desta? – ela perguntou, outra vez.

Uma hesitação quase imperceptível.

Carolina prendeu a respiração, como costumava fazer quando criança, perseguindo os coelhos semidomesticados do vale pelo gramado.

– É uma mariposa gigante – Lisa disse, e esperou.

Era uma mentira. A página seguinte, Carolina tinha certeza, continha ilustrações de um par de borboletas com manchas verdes nas asas e abdômen azul-claro, de modo que eram igualmente invisíveis pousadas em uma folha ou voando para o céu.

– Lembro-me dela – Carolina disse rapidamente.

– Está pousada no ombro de um homem. – Então, com um certo orgulho de autoria: – É do tamanho da cabeça dele.

– De que cor é? – Carolina perguntou.

– Tem olhos brancos e pretos em cada asa. São puxados como os de um gato. As pontas das asas são cor de laranja – acrescentou Lisa com prazer.

– Essa era muito bonita – disse Carolina, fingindo melancolia. – Como se chama?

– Imperador gigante transparente – respondeu Liza com autoridade.

– E na página seguinte?

– É outro gigante – disse Liza, sua tendência para a falácia momentaneamente superando sua imaginação. – Está carregando uma maçã – continuou, recobrando-se. – Parece ter apanhado de uma árvore.

– Creio que há uma seção inteira de gigantes aí – disse Carolina, instigando-a.

– Há três deles – concordou Liza. – Estão pegando todo tipo de frutas de um pomar. Limões, maçãs e ameixas. São todos azuis, mas um deles é mais azul do que os outros.

– E na página seguinte?

– São borboletas do tamanho de pássaros. Estão pousando nas estátuas de uma praça. Não se pode ver o chão por causa de suas asas. Cada asa possui um olho, e todos estão me encarando.

– O que será que faríamos se elas pousassem em volta da casa?

– Derramaríamos óleo na grama e atearíamos fogo – respondeu Liza de modo prático.

Carolina deixou essa imagem brincar em sua mente por um instante, uma onda de borboletas gigantes erguendo-se de chamas rasteiras.

– E nas páginas seguintes?

– É uma árvore numa floresta – disse Liza, olhando para uma página que Carolina sabia conter uma ilustração de uma borboleta de olhos bulbosos, cara de monstro, desenhada dez vezes maior do que seu tamanho original, com os enormes motivos de suas asas vermelhas e douradas espalhados como um papel de parede luxuoso por trás. – Mas não vejo nenhuma criatura. Não, aqui está. São muito pequenas, cobrindo o tronco da árvore como musgo. Algumas delas devem ter perdido as asas.

– E na página seguinte? – Carolina perguntou outra vez.

※

– Há fantasmas nesta casa? – perguntou Carolina.

Pietro riu. O fogo rugia na lareira do salão, mas uma das janelas abria-se para a tarde de primavera. Cheiros de jacinto, chuva e estrume entravam por ela. Atraído pelos estalidos do fogo, Pietro viera investigar, descobrira sua mulher e sentara-se ao seu lado no sofá que ficava em frente à boca larga da lareira. Ele segurava as duas mãos dela em uma das suas e brincava com seus dedos em sua perna.

– Talvez do cachorrinho que tive que matar depois que o cavalo lhe deu um coice na cabeça – ele disse. – Eu só atingi seu pé da primeira vez e tive que atirar nele de novo.

– Ouço passos à noite – disse ela.

— Os criados estão sempre trabalhando.
— Não é assim — insistiu Carolina. — Não respondem quando falo com eles.
— Talvez você tenha pegado nosso ladrão — disse ele. — Alguém anda roubando o licor de limão.
— Acho que não.

Pietro soltou suas mãos para poder envolvê-la nos braços. Puxou-a para o seu colo e beijou-a.

— Você é tão linda — ele murmurou. — Quem se importa se pode ver ou não?

※

— Ele lhe mandou um vestido — Liza anunciou da porta do quarto de Carolina.

— Pietro? — perguntou Carolina. Virou-se no assento da penteadeira, onde manuseava algumas de suas joias: o esmaltado liso, o metal frio, os picos irregulares dos diamantes e os aglomerados ásperos de pedras preciosas em suas montagens.

Sem responder, Liza jogou o vestido sobre a cama em um grande derrame de renda e tecido.

Carolina levantou-se e inclinou-se sobre a cama para pegar o vestido. Era feito de tafetá fino e rígido, o corpete reforçado com barbatanas. Renda circundava o decote e decorava as mangas cavadas. A saia desdobrava-se em inúmeras camadas.

— Parece bonito — comentou Carolina. — De que cor é?

— Dourado — respondeu Liza. Em seguida, uma pequena pausa, longa o suficiente para se arrepender da verdade ou de uma mentira. – Não, estou enganada. É azul, com renda vermelha.

– Isso é tudo, obrigada.

※

– Você vai ver – disse Pietro. – Com a música e a dança, acho que você vai ficar contente.

– O vestido é azul? – quis saber Carolina.

– É um vestido vermelho – disse-lhe o marido. – Vermelho como vinho em um copo. Mas a renda é azul.

Carolina franziu a testa.

– Você queria um vestido azul? Isso é fácil de conseguir. Pode ter dez deles, se quiser. Mas não sei por que a cor possa fazer diferença para você.

Quando ela não respondeu, ele riu da própria piada. Em um grupo, outros poderiam ter aderido por pena dele, mas eles eram os únicos no quarto dela.

Quando o som de sua risada se desfez, ele tomou a mulher nos braços e afagou sua cabeça:

– Ah, Carolina. Eu nunca sei o que fazer.

※

O baile foi realizado pela família Rossi, proprietários de uma das vilas mais antigas do vale. Todo Rossi apressava-se em se gabar de que aquelas lajes do chão haviam sido colocadas ou aquela parede grossa fora erigida na época dos romanos, mas nunca pareciam concordar sobre exatamente qual parede ou piso. Entretanto, ninguém duvidava da antiguidade de sua casa, porque o lugar era uma mixórdia de experiências arquitetônicas. Imponentes colunas de mármore em estilo clássico projetavam-se para o céu, sem sustentar nada; belos trabalhos de cantaria eram empastelados com estuque barato; um pequeno exército de recatadas ninfas acenava por todo o trajeto do caminho de entrada, onde um par de tigres ameaçadores, duas vezes o tamanho de um homem, olhava severamente para os convidados que chegavam.

No topo de uma colina nos fundos da propriedade havia uma capela gótica cujo telhado agora havia desmoronado e, nesta geração, os Rossi desenvolveram o hábito de realizar suas festas ali. O cenário proporcionava uma pista de dança espetacular, exposta às estrelas, mas protegida pelas paredes remanescentes. Tochas acesas para iluminar os dançarinos atingiam os fragmentos de vitrais coloridos que haviam permanecido nas antigas janelas e os faziam brilhar.

A meio caminho dos cem degraus de pedra que levavam às ruínas da capela, Carolina tropeçou pela segunda vez.

– Tudo bem – Pietro disse, firmando-a com uma risada. – Talvez eu devesse simplesmente carregá-la nas costas.

Carolina sacudiu a cabeça e recomeçou a subir apressadamente, pisando descuidadamente nos degraus irregulares, seguindo a música na escuridão.

Em um instante, a mão dele segurou seu braço outra vez.

– Mais devagar – ele disse. – Já estamos quase chegando.

Carolina já sabia disso pelo som dos instrumentos e pelo volume das risadas. Podia sentir o cheiro de óleo queimando, vinho e traços de uma dúzia de perfumes diferentes, juntamente com o aroma denso de tulipas, que deviam, ela imaginou, estar amontoadas às centenas na entrada.

– Carolina! – exclamou a *contessa* Rossi. – Querida! Nós não a vemos há um ano!

– Não faz um ano – retrucou Carolina, abandonando sua mão ao aperto da velha senhora.

As mãos frias, insistentes, da condessa Rossi pareceram verificar se todos os dedos de Carolina ainda estavam intactos, depois a soltou. Carolina sentiu alguma coisa passar diante de seu rosto uma vez, e novamente.

– Ela não consegue ver nem isto? – a condessa disse a Pietro, espantada.

– Minha mulher não é um brinquedo para você brincar – Pietro disse, secamente.

– Imagino que ela não seja o brinquedo de ninguém, senão seu – retorquiu a condessa Rossi com um riso irônico.

– É uma bela noite – Pietro disse. – Somos muito gratos pelo seu convite. – Fez uma breve mesura e conduziu Carolina para dentro.

※

– Você vai ficar bem, perto da música? – Pietro perguntou, a voz ligeiramente elevada acima dos acordes do baile.

Carolina balançou a cabeça.

– Tem um lugar aqui. – Ele empurrou-a delicadamente alguns passos para trás até as panturrilhas de Carolina encostarem em uma cadeira. Carolina deixou-se afundar nela. Os braços delicados eram forrados de brocado.

– De que cor é? – ela perguntou.

– O quê? – quis saber Pietro, confuso.

– A cadeira. De que cor é?
– É dourada. Com alguns fios negros.
– Obrigada.

Cadeiras semelhantes pareciam estar arranjadas de ambos os lados de Carolina, ela descobriu, mas Pietro não se sentou em nenhuma delas.

– Gostaria que eu lhe trouxesse alguma coisa? – ele perguntou.

Ela sacudiu a cabeça.

❦

Pietro a deixara a poucos passos da pista de dança, com o pequeno grupo de músicos tocando à sua esquerda. Carolina não ouvia música desde que ficara cega, e o efeito era surpreendente. Sua pele se arrepiava com os violinos. O coração parecia bater no compasso do violoncelo e os instrumentos de sopro a deixavam sem fôlego. Esquecendo-se de si mesma, ela cerrou os olhos. Em sua mente, a colina sumiu de baixo de seus pés e os músicos, as paredes da capela e os dançarinos imaginários, todos se alçaram delicadamente para o céu negro, como se suspensos sobre vidro nas alturas. Seria um sonho, ela se perguntou, ou alguma outra coisa?

– Carolina! – A voz de uma mulher: uma voz que ela já ouvira antes, mas não reconheceu instantaneamente. – É Sophia. Não se esqueceu de mim, não é?

Carolina abriu os olhos para cumprimentar a mulher de Turri, adivinhando a localização do rosto de Sophia pela sua voz.

– Oh! – Sophia exclamou.

Carolina sorriu e manteve o olhar firme.

A recuperação de Sophia foi rápida.

– Eu tinha que vir cumprimentá-la por seu belo vestido – ela disse. – Não é linda a moda deste ano?

– Obrigada. Mas receio não ter sido eu quem escolheu.

– Oh, claro que não – Sophia disse. – Sinto muito. Que insensibilidade da minha parte. – Um farfalhar de tecido fino e renda assentou-se na cadeira ao lado de Carolina. Sophia tomou sua mão. – Como é – ela perguntou com elaborada compaixão – se vestir sem enxergar, não saber se algo lhe cai bem ou qual é a sua aparência?

Carolina apertou sua mão e soltou-a.

– Meu marido me diz que estou bonita.

Sophia riu como se Carolina tivesse acabado de se revelar surpreendentemente inteligente, para uma criança.

– Claro que ele deve dizer – ela disse. – Mas como você *sabe*?

– Sophia, aí está você – Turri interrompeu-a. – A princesa Bianchi está procurando por você.

– Mas acabei de falar com ela.

– A mulher está inflexível – disse Turri, um tom cortante na voz que Carolina não reconheceu.

Sem dizer mais nada, Sophia levantou-se. Suas saias balançaram-se soberbamente por alguns passos, depois se perderam no meio das conversas e dos burburinhos da multidão.

Turri tomou a mão de Carolina e segurou-a por um instante. Em seguida, beijou seus dedos e instalou-se na cadeira que sua mulher havia deixado.

— Todo mundo está usando máscaras de gesso hoje — ele disse. — É a última moda. Já não são apenas para o Carnaval. Admiro-me que Pietro não tenha encomendado uma para você.

Carolina sorriu.

— Minha mulher, por exemplo — continuou ele —, está usando uma cabeça de galinha que me custou dez mil liras.

— As cabeças de galinha são as mais chiques, então? — perguntou Carolina.

— Não sou a pessoa certa para responder essa pergunta — disse Turri. — Palhaços — ele acrescentou após um instante, como se observasse um casal passando por eles. — Um gato.

Ao fundo, Carolina ouviu a voz de seu marido, aproximando-se. Ele parou a vários passos de distância e riu, alto demais, como Carolina sempre o ouvira rir quando na companhia de jovens bonitas. Então, sua voz abaixou-se a um tom conspirador e desapareceu sob a música.

— A condessa Rossi — Carolina disse. — Ela está usando a nova moda?

— A condessa Rossi — retrucou Turri — é um lobo faminto em um vestido milanês.

A mão quente de alguém pousou em seu pescoço. Carolina assustou-se e tentou livrar-se dela, mas sob o toque daquela mão sua carne despertou, fremindo. Turri nunca a tocara assim antes e ela não podia compreender por que o faria agora. Ela se esforçou para se manter serena, enquanto o calor pulsava pelo seu corpo no compasso da música.

Pietro riu. Instantaneamente, ela compreendeu: fora o toque da mão dele, não de Turri.

– Turri – Pietro disse. Ele colocou sua mão na nuca de Carolina outra vez. – Você não me denunciou.

– Creio que não – disse Turri.

– Você me tomou por um estranho? – Pietro perguntou a Carolina, inclinando-se para beijar seu rosto.

– Creio que não – Turri repetiu baixinho, falando consigo mesmo. Carolina percebeu outro fato: Turri sabia que ela havia confundido os dois. Ele a vira tentar se livrar da mão que achava que fosse a dele.

– Você me surpreendeu – Carolina disse ao marido, para encobrir as palavras de Turri.

– Fui apresentado à princesa Bianchi – ele disse. – Está em visita, de Florença.

– Ela é muito bonita – comentou Carolina.

– Como sabe disso? – perguntou Pietro, espantado.

Turri riu e levantou-se.

– Eu tinha acabado de convidar sua mulher para dançar – ele disse. – Tem alguma objeção se ela aceitar?

– Ela não consegue ver a mão diante do rosto – Pietro avisou-o.

Carolina também se levantou.

– Posso ouvir a música e seguir os passos – ela disse.

Talvez Turri tenha esperado por um sinal de concordância de Pietro. Ela jamais saberia. Após um instante, Turri tocou sua cintura, pelas costas, e guiou-a para a pista de dança.

※

– Eu aprendi a dançar com um urso – disse-lhe Turri.

Ela riu para o que achava que deviam ser seus olhos.

Ele apertou-a mais nos braços. Pressionou sua face contra a dela, os lábios em seu ouvido.

– O que você *vê*? – sussurrou, ansioso, mas sem esperança, como se suplicasse a um dos antigos deuses por um tipo de piedade que eles nunca haviam demonstrado.

Sem ar, Carolina lutou para se desvencilhar.

– Está bem – ele disse, soltando-a. – Perdoe-me.

A pele de Carolina estava afogueada. O sangue latejava em suas têmporas, mais forte do que a música, e ela se sentia perigosamente sem peso, como se apenas as mãos de Turri a impedissem de subir lentamente para a atmosfera.

– Carolina? – ele chamou.

Quando ela ergueu a cabeça para ele outra vez, seus olhos estavam rasos d'água.

– Não, não – ele disse. – Eles já acham que sou um monstro. Não lhes dê prova disso.

Ela riu e uma lágrima rolou pela sua face. Em um instante, ele já havia apagado seu curso com o polegar.

– Você irá se encontrar comigo – ele disse. – No lago. Quando?

– Amanhã – ela sussurrou.

※

Do lado de fora, o barulho de sua carruagem desapareceu na direção dos estábulos. Pietro demorou-se por um instante, atrapalhando-se com alguma coisa à porta. Mas, quando Carolina subiu os primeiros degraus, ele segurou sua mão.

– Gosta do vestido? – ele perguntou.

Carolina balançou a cabeça. Em seguida, percebendo que ele não podia vê-la no escuro, respondeu:

– Sim.

Ele beijou a palma de sua mão e seu pulso. Seguindo a linha de seu braço, ele subiu a escada até sua boca encontrar a renda onde o vestido encontrava o seio. Com um suspiro e um estremecimento, ele a ergueu nos braços e carregou-a para seu quarto.

❧

Carolina acordou com o som de um passo do lado de fora da porta fechada. Virou a cabeça e esperou, como tantas vezes fizera antes, aguardando formas emergirem das trevas. Quando ninguém surgiu, ela afastou os cabelos do rosto e ergueu-se sobre os cotovelos.

Silêncio.

Então, embora não ouvisse nenhum passo, uma tábua além da porta rangeu: um gemido longo, como o de um bom soldado mortalmente ferido dando seu último suspiro.

– Pietro! – Carolina sussurrou, muito baixinho, para não assustar o visitante desconhecido. – Ouviu isso?

Pietro não se mexeu.

Alguém girou a maçaneta devagar, apenas com um leve tinido e o ruído de metal sobre metal. Carolina percebeu com um calafrio que, se ela já não estivesse acordada, os passos entrariam sem ser detectados. Mas os passos não entraram. Em vez disso, aguardaram, enquanto a porta se abria. Então, sem fazer nenhuma tentativa de se esconder, se afastaram, sem pressa e confiantes.

Muito tempo depois de terem desaparecido, Carolina ainda se mantinha imóvel como um animal acuado, os punhos cerrados de raiva, como se ela fosse a intrusa em seu próprio quarto.

※

Quando acordou outra vez, Pietro já havia saído.

Lá fora, nenhum pássaro cantava e nenhum criado se queixava.

Carolina levantou-se imediatamente e dirigiu-se à sua penteadeira. Nua na escuridão, ela remexeu em sua caixa de joias até encontrar os brincos de pérolas. Colocou-os, prendeu o colar que combinava no pescoço e foi ao seu quarto de vestir.

Lá, escolheu um vestido de caça com renda de algodão nos cotovelos e no corpete. Amarrou-o destramente, depois retornou à sua penteadeira para prender os cabelos para trás em um coque rápido. Suas botas de couro estavam ao lado de seu quarto de vestir. Atirou uma capa curta sobre os ombros, segurou as botas nos braços e desceu as escadas descalça. Quando chegou ao corredor principal, sentou-se nos degraus mais baixos para calçar as botas e amarrá-las. Em seguida, atravessou até a porta e segurou a maçaneta.

Estava trancada.

Carolina girou e puxou, mas a porta não cedeu. Pressionou as palmas das duas mãos abertas contra o verniz rachado, depois as deslizou por toda a superfície, os ângulos e as almofadas dos profundos retângulos que haviam sido entalhados na madeira antiga. Percorreu as estreitas frestas onde a porta unia-se ao batente, em busca de outro trinco ou uma chave esquecida.

Nada.

No pátio, um pombo arrulhou tentativamente. Outro respondeu. Logo ambos discutiam, cada qual repetindo seus próprios argumentos palavra por palavra em volume crescente. Após alguns instantes, uma cotovia começou a repreendê-los. De repente, a manhã inteira animou-se com o canto dos pássaros, obliterando uns aos outros e os pensamentos de Carolina.

Nos fundos da casa, uma porta bateu com força.

Carolina fez uma última tentativa de abrir a porta. Ela não cedeu.

Sem errar o passo nem uma vez, Carolina voltou para as escadas. Colocou a mão no corrimão com a certeza de que podia vê-lo através da escuridão que começava a se dissipar, e subiu de volta para seu quarto.

※

– Quero uma caneta e tinta – Carolina disse naquela manhã enquanto Liza fechava um cordão em sua nuca. Liza soltou o fecho delicadamente sobre a pele de Carolina e afastou-se.

Carolina ouviu atentamente, para ver se reconhecia os passos, mas Liza era como um gato: Carolina não captou nenhum som até a jovem quase ter alcançado a porta, quando uma tábua a denunciou com um leve rangido.

– Liza – Carolina disse.

Ela esperava avaliar a posição da jovem por sua resposta, mas Liza não falou nada.

– Papel – Carolina acrescentou após um instante. – E cera e uma chama.

Liza não deu nenhum sinal de assentimento, mas, após outro instante, Carolina soube com certeza que ela havia saído, assim como sabia com certeza quando a luz do dia deixava um aposento.

※

Quando Liza retornou, Carolina já estava sentada à pequena escrivaninha em que a mãe de Pietro um dia copiara os poemas e compusera as frases de sua própria educação incompleta. A escrivaninha ficava junto à janela, entre as duas poltronas em que Liza e Carolina sentavam-se para ler.

Sem nenhuma cerimônia, Liza depositou os objetos sobre o grosso papelão que protegia a preciosa madeira. Algo rolou: a caneta. Carolina pegou-a antes que Liza o fizesse.

– A chama? – perguntou Carolina.

– Coloquei mais para trás – disse Liza. – Estenda a mão.

Com a mão espalmada, os dedos abertos sobre a superfície da escrivaninha, Carolina investigou até descobrir o frio prato de metal com o cabo curvo, a haste da vela presa no centro com firmeza. Liza a colocara no extremo oposto da escrivaninha, a poucos centímetros da janela. Se fosse noite, a luz teria sido visível por quilômetros.

– Pode fechar a porta quando sair.

Quando a porta fechou-se com um ruído surdo, Carolina cobriu a coleção de objetos com as duas mãos. Colocou o bastão de cera no topo do papelão, paralelo à linha da borda da escrivaninha, como um garfo de sobremesa colocado horizontalmente acima de um prato de jantar. Colocou o pequeno e pesado sinete logo acima dele. O tinteiro de vidro, ela colocou à sua direita, ao lado da caneta. Arrumou o papel à sua esquerda, em seguida colocou uma única folha à sua frente. Levantou a tampa de vidro do tinteiro. Para não perder sua localização, ajeitou-a na extensão de vidro que se projetava da lateral do tinteiro para servir de suporte à caneta entre um pensamento e outro, a fim de que a ponta molhada de tinta não manchasse a página. A essa altura, ela já não se lembrava da posição exata do papel. Para não esquecer, encontrou a borda superior da página com os dedos indicadores e correu-os de leve para os cantos e para baixo pelos lados da folha. Em seguida, pegou a caneta e mergulhou-a na tinta.

Ao levantar a caneta para escrever, uma pesada gota caiu sobre a escrivaninha. Carolina moveu a caneta para colocá-la de volta no suporte do tinteiro, mas ele estava tampado. Em vez disso, ela colocou a ponta na borda do tinteiro, logo acima da poça funda de tinta, o cabo da caneta projetando-se para fora. Agora, podia apenas imaginar onde a gota caíra. Ela fez os dedos de uma das mãos caminharem como uma aranha por cima da escrivaninha até seu polegar encontrar uma pequena poça. Com a outra mão, ela puxou um lenço de seu corpete e limpou a gota. A seguir, pegou a caneta outra vez, mas seu movimento foi impreciso. A caneta caiu dentro do tinteiro, submergindo toda a ponta na tinta. Carolina tirou-a. Depois, para evitar novos derramamentos, arrastou cuidadosamente o tinteiro pela mesa, de modo que a pequena peça de vidro ficasse na borda da carta ainda não escrita.

A manhã inteira, o coração de Carolina esteve abarrotado de frases e pensamentos, confissões incompletas, pedidos de ajuda. Ela começara uma centena de frases e acabara por vê-las se desfazerem em uma inundação de sentimentos que sua mente jovem mal conseguia distinguir uns dos outros: ternura ou desejo, raiva ou medo, gratidão e amor. Mas, em sua luta com a caneta e o papel, tudo isso desaparecera. Afogueada de vergonha, ela escreveu apenas, em letras que sabia deveriam parecer infantis e rabiscadas, "*Sua Carolina*".

Ligeiramente zonza do cheiro da tinta, esperou a carta secar. Em seguida, dobrou o papel em três partes e pegou o bastão de cera do lacre. Com uma das mãos, segurou a base da vela. Com a outra, pressionou o pavio queimado da cera do lacre contra a curva lisa da vela. Usando a vela como guia, levantou a cera até um pavio encontrar o outro e a cera do lacre incendiou-se com um pequeno silvo e uma minúscula rajada de vento.

Ela tateou outra vez em busca da aba erguida da carta, encontrou-a e pressionou-a para baixo. Em seguida, inclinou a cera derretida para lacrá-la.

Nenhuma gota caiu.

Carolina virou o bastão de cera para cima e contou outra vez, esperando a cera escura se derreter e formar uma poça abaixo da chama. Um instante depois, um calor causticante espalhou-se pelos nós de seus dedos. Com um pequeno grito, ela largou o bastão e começou a soprar freneticamente para apagar a chama invisível. Momentos depois, seus dedos encontraram o toco de cera outra vez, o pavio ainda quente, mas apagado. Salpicos de cera cobriam a escrivaninha e pontilhavam o papel de carta.

Obstinadamente, Carolina repetiu o procedimento, acendeu a cera e segurou-a acima da borda do papel. Desta vez, um fluxo de cera líquida entornou-se uniformemente no local certo. Carolina apagou com um sopro a segunda chama e colocou o bastão sobre a mesa. Em seguida, pressionou seu próprio dedo na poça quente para lacrar a carta.

Os nós de seus dedos ainda ardiam. Levantou-se, deixando ali a desordem de cera e tinta, e atravessou o quarto para colocar a carta na mesa ao lado de sua cama. Então, tocou a sineta para chamar Liza.

Liza riu.

– Parece que você matou um gato – ela disse. – Um gato com tinta no lugar de sangue.

– Pode levar tudo embora. Raspe a cera e traga-me outro apoio de papelão. E chame um dos meninos do estábulo.

– Vai andar a cavalo? – quis saber Liza.

Quando o menino chegou, Carolina sentou-se na beira da cama, a mão queimada submersa na jarra de água de sua mesinha de cabeceira. Na outra, segurava a carta. O menino parou na entrada e deixou-se ficar em um longo momento de silêncio, para observá-la, para reorganizar seus pensamentos ou talvez porque fosse bastante pequeno para acreditar que não pudesse ser ouvido enquanto não falasse.

– Giovanni – ele anunciou finalmente, com a mímica assustadoramente perfeita de uma criança imitando um homem. Pelo timbre de sua voz, o menino não podia ter mais do que dez ou onze anos, mas falava como um comandante de forças incontáveis.

– Giovanni – Carolina repetiu. – Obrigada por vir. Conhece a casa dos Turri? Na colina, a caminho da cidade?

– Não tenho medo de leões – o menino declarou. – Nem de cachorros.

Carolina estendeu-lhe a carta, o que o fez sentir a necessidade de algum galanteio.

– Está muito bonita esta manhã – ele lhe disse.

– Com que rapidez você pode correr até lá? – ela perguntou.

※

Carolina manteve as mãos escondidas sob a toalha da mesa e Pietro não as notou até a sobremesa. Quando o fez, ele riu.

– Parece que você andou extraindo a tinta de uma lula – ele disse. – Sabe, temos meninas que podem fazer isso para você.

Ele pegou sua mão e a levantou para examiná-la. O calor do fogo ainda latejava em seus dedos, como acontecera o dia inteiro.

— O que é isto? — indagou Pietro, o espanto tornando sua voz sombria. — Você se cortou?

— Não é um corte — disse Carolina, recolhendo a mão. — É uma queimadura.

Prata tilintou em porcelana.

Ela esperou por outra farpa ou explosão, mas, em vez disso, ele apenas ergueu sua mão e beijou-a, dedo por dedo.

✼

— É um peixe na forma de uma estrela, com cinco olhos como diamantes azuis — Liza floreou. Após semanas de longas tardes, ela começou a perceber que eram suas mentiras, e não seus poderes de observação, que eram solicitadas quando Carolina lhe pedia para ler. Se pela aversão a outro trabalho ou pela alegria da criação, Lisa começou a inventar desenfreadamente. Hoje, criava a partir de um livro contendo espécimes dos tesouros aquáticos do oceano. — É uma árvore prateada que se inclina de acordo com as correntes e solta frutos no fundo do mar.

— A fruta era vermelha, não era? — Carolina disse, como se lembrasse.

— Não — Liza disse, com ciúme de autor. — Roxa como uma ameixa, meio prateada, como a respiração na vidraça.

— Achei que havia um monstro ao lado — Carolina disse.

– É um monstro – Liza concedeu. – Tem duas caras, uma de um homem e a outra de um cavalo, com o corpo de um peixe. – Isso era bem elaborado, mesmo para ela, e foi apresentado como uma espécie de presente. Liza continuou: – Há uma brida em sua boca e uma sela nas costas.

– Quem você acha que o cavalga? – Carolina perguntou.

Liza não havia considerado essa implicação de sua invenção.

– Aqui não diz – respondeu.

– Não há pegadas se afastando, na areia no fundo? – Carolina pressionou.

Liza se calou, depois decidiu solucionar esse novo problema eliminando sua fonte.

– Você não pode ver o fundo – ela disse. – Não há nada além de água verde, até ficar negra a distância.

Passos se aproximaram da porta do quarto de Carolina e pararam no limiar.

– Quem é? – Carolina perguntou incisivamente.

Liza deixou as páginas do livro se fecharem com uma pancada, e levantou-se.

– Provavelmente é Giovanni – ela disse. – Ele tem medo de bater.

– Abra a porta – Carolina ordenou.

Liza atravessou o quarto obedientemente. A porta se abriu.

– Giovanni – Liza disse. – É falta de educação ficar parado do lado de fora de uma porta.

– Eu estava pensando – disse ele defensivamente.

– Você pode fazer isso no pátio – Liza disse.

– Há um homem no jardim de inverno para vê-la – Giovanni disse a Carolina, e saiu correndo. Seus passos ressoaram com estrépito escada abaixo.

– Ele acha que está apaixonado pela senhora – disse Liza. – Diz a todos os outros garotos o quanto é bonita e, se concordam, ele luta com eles.

– Obrigada – Carolina disse. – Pode ir.

※

A alguns degraus do fim da escada, Carolina parou. Tinha certeza de que era Turri quem a esperava, e ela fora até ali com a ansiedade de uma criança prestes a chegar em casa. Mas agora uma campainha de alerta soou em sua mente, como se no último degrau ela tivesse tropeçado no mundo dos espíritos e ouvido seus mexericos. Não podia entender as palavras, mas o significado era claro: se continuasse a descer as escadas, tudo mudaria tão completamente como no dia em que perdera a visão. Por um instante, a premonição a manteve parada no lugar. Em seguida, as preocupações do mundo varreram-na com seus argumentos convincentes. Estava parada como uma tola no meio da escada; havia uma visita à espera. Rapidamente, desceu os últimos degraus e entrou no jardim de inverno.

O silêncio a acolheu. Prestou atenção a uma respiração ou movimento, mas não ouviu nada. Indecisa, seus dedos fecharam-se nas pregas de seu vestido. Turri jamais a faria esperar tanto tempo.

– Quem é? – ela perguntou.

Em resposta, uma nota longa e baixa ecoou de dentro de um violoncelo em algum lugar perto do piano. Quando desapareceu, um homem riu.

– Você não me conhece – ele disse. – Mas talvez já tenha me ouvido tocar. Seu marido pegou meu cartão na festa dos Rossi e me pediu para vir em algumas tardes, no caso de gostar de música.

Sua voz era áspera: a voz de um homem idoso.

– Eu, de fato, gosto de música – afirmou Carolina. A surpresa a deixara incerta a respeito de tudo. Estendeu as duas mãos e encontrou os batentes da porta nos dois lados, onde sempre estiveram. Marcando sua posição por eles, entrou no aposento e sentou-se no canto do sofá mais próximo. – Sou Carolina – ela disse.

– Silvio – o homem disse. Um toque, outra nota, e uma canção irrompeu: fogo devorando um único graveto antes que a pilha explodisse em chamas, em seguida um momento passado perto de águas escuras, antes que o tema de abertura irrompesse novamente em variações tão inevitáveis e estranhas como a fala de anjos.

Quando se encerrou, ela pôde ouvir a ponta do arco descansar delicadamente no assoalho.

– Outra? – perguntou o músico.

– Sim, por favor.

Nos sonhos, o telhado plano da casa dos Turri era recoberto de conchas brancas, apesar do fato de Carolina nunca ter estado no telhado dos Turri na vida real e de que o custo de importar tais conchas do litoral teria sido imenso. Apesar de improvável, o efeito era extraordinário. Por mais alto que ela subisse, a cruz branca formada pelas quatro alas da casa destacava-se como um farol entre as estradas douradas e as copas escuras das árvores. A figura espectral era visível até mesmo à noite, iluminada pela lua, como agora.

Carolina deu voltas pelo céu noturno, acima da casa e das terras dos Turri. Apenas uma única luz ardia na casa, no segundo andar. Ela voou mais baixo, sobre o jardim dos fundos, depois se ergueu até ficar na mesma altura da janela iluminada na escuridão.

Dentro, havia um laboratório e uma oficina. Turri estava sentado à escrivaninha, de frente para a janela, a cabeça inclinada sobre algum tipo de mecanismo complicado. À sua direita, uma pequena sacada projetava-se do aposento. Ela se comunicava com a casa por uma estreita porta de vidro. Carolina pousou e experimentou a maçaneta.

A porta se abriu tão silenciosamente que, por um instante aterrador, ela se perguntou se teria ficado surda também. Então, ouviu o ruído de metal contra metal e um ritmo de cliques e estalos conforme Turri testava a máquina na mesa diante dele. Ele não ergueu os olhos quando ela entrou e Carolina não o perturbou com um cumprimento.

Em vez disso, ela deslizou silenciosamente por ele para explorar a oficina. O espaço era amplo: apenas dez passos de largura, mas tão fundo que a parede oposta perdia-se na escuridão. A área em que Turri trabalhava era profusamente iluminada por minúsculos artefatos a gás presos no teto a intervalos de alguns passos. À esquerda, havia armários de vidro cheios de estojos contendo espécimes de mariposas e insetos, bem como recipientes altos cheios de penas cuidadosamente separadas por cor: pretas, azuis, marrons, brancas, vermelhas e um pequeno feixe desamarrado de verdes. Uma bancada de mármore preto, com veios de quartzo e salpicado de mica brilhante, suportava uma pequena floresta de provetas fervilhando misteriosamente, interligadas por tubos finos e amarelos. Nuvens de vapor subiam de cada proveta, soltando cheiros de anis, limão e iodo. Além da bancada, viam-se prateleiras de vidros cheios de frutas estranhas, pedaços de raízes grossas, fetos de animais, pássaros sem penas. Todos esses espécimes haviam perdido suas cores verdadeiras e adquirido o tom azul-claro do líquido espesso em que se mantinham suspensos.

Defronte dos vidros, havia livros. Pisando cuidadosamente, como se temesse despertar Turri, Carolina atravessou a pequena distância de lustrosas tábuas do assoalho para ler seus títulos: *Máquinas de voar bem-sucedidas; A nova química italiana; Uma história de lágrimas; Cinco mil constelações com estrelas perdidas*. No canto inferior da estante de livros, faltavam mais de uma dúzia de volumes grandes – talvez os que ele havia escolhido para lhe mandar. Nas sombras onde eles deveriam estar, pequenas luzes cintilavam. Quando Carolina olhou mais de perto, descobriu um globo: azul que parecia preto na luz turva, marcado com linhas douradas que traçavam a forma das constelações entre as falsas estrelas. De algum modo, as estrelas brilhavam de dentro para fora, cercadas por halos de azul da meia-noite, onde a luz iluminava a superfície escura. Quando o tocou, ela percebeu que era feito de papel, bem esticado sobre uma estrutura de arame, cada estrela cuidadosamente perfurada à mão. A parte de trás do globo parecia derramar mais luz do que a frente, lançando estranhas sombras nos recessos mais profundos da estante de livros. Curiosa, Carolina virou a esfera delicadamente em seu suporte. Um pequeno rasgo dividia o globo, do peito de um dragão aos chifres de um touro. Dentro, ela pôde ver a forma vacilante de uma chama nua.

Cuidadosamente, ela girou o globo para esconder o rasgo. Em seguida, caminhou de volta para onde Turri ainda estava sentado. Ele franziu o cenho ao pressionar uma alavanca de prata que levantava um martelo e fazia soar um pequeno sino. As saias de Carolina farfalharam, mas ele não deu nenhuma atenção. Carolina ficou parada ao seu lado enquanto ele pressionava a alavanca outra vez, praguejava baixinho, depois dava umas pancadinhas no pequeno sino com o dedo. O sino repicou com um som abafado.

Com o sangue ressoando em seus ouvidos, ela colocou a mão em seu ombro.

Antes que ele erguesse os olhos, ela acordou.

Durante dias, Carolina esperou por Turri a qualquer momento. Qualquer som podia assinalar sua chegada: um passo do lado de fora de seu quarto; o baque de um passarinho contra a sua janela. Certa manhã, os pombos do telhado acordaram-na com seus arrulhos e, por vários minutos, ainda no meio de um sonho quase acordado, ela ficou convencida de que ele havia escalado até os beirais do telhado e tentava se comunicar com ela em algum novo código. Essas esperanças vinham involuntariamente, apesar de todas as suas tentativas em contrário. Ela lembrava a si mesma de suas experiências fracassadas, do escárnio que seu nome suscitava, sua imprevisibilidade e suas tolices. Ela repetia as histórias que ouvira de como um ligeiro vento pode extinguir o amor de um homem. Não fez nenhuma diferença. Seu coração fora convencido por alguma fórmula matemática secreta.

Pietro, na breve hora que passavam juntos durante o jantar todas as noites, parecia não notar nada disso. Ele relatava o progresso dos vinhedos e se queixava do viticultor. Até este verão, Pietro não demonstrara absolutamente nenhum interesse pela vinícola de seu pai, de modo que o velho homem acostumara-se a fazer sua magia negra com absoluta liberdade. Agora, ele reagia à presença de Pietro com desconfiança e às suas perguntas com exasperação. Após algumas semanas circulando alegremente pelas fileiras de vinhas e inspecionando as tinas de cobre onde o vinho novo se formava, Pietro começara a oferecer sugestões. O velho viticultor ficava mudo de raiva. Como o velho não parecia disposto a aquiescer, Pietro tentou reeditar suas ideias como ordens. Tal atitude resultou em uma completa interrupção das negociações, depois do que o viticultor reagia a qualquer coisa que Pietro dissesse com uma única palavra: *impossível*.

– Ele age como se todo o vinhedo estivesse plantado em pólvora – Pietro disse a Carolina. – E se cortarmos o pé errado tudo vai explodir pelos ares.

Enquanto isso, a porta da frente continuava trancada. No começo, ela achou que fosse apenas um capricho passageiro que o levou a trancar a porta e tirar a chave na noite da festa dos Rossi. Mas, à medida que os dias se passaram, a maçaneta continuou a se recusar a se mover, não apenas à noite, mas durante o dia também. Carolina ouvia os solilóquios de Pietro durante o jantar com crescente surpresa, tentando entender como este homem simples, simpático, podia agir também como seu carcereiro.

Finalmente, ela perguntou:

– Eu quis ir ao lago hoje – ela disse certa noite, após uma longa exposição sobre os méritos de diversas uvas que até mesmo Carolina podia ver que Pietro havia irremediavelmente confundido. – Mas a porta estava trancada.

– Sim – Pietro disse, sem se alterar.

Carolina colocou a faca junto ao prato e ergueu os olhos para o rosto de Pietro.

– Acho que gostaria de ter uma chave – ela lhe disse.

Sua mão cobriu a dela sobre a toalha de mesa de renda grossa.

– Não é seguro para você ir sozinha – ele disse.

Quando ela não respondeu, ele ergueu a mão até seu rosto, traçou a curva de seu queixo, inclinou-se para beijá-la e perguntou:

— O que importa onde você esteja, se não pode ver?

※

— Tem um homem aqui — Giovanni anunciou da porta do quarto de Carolina com um ar de traição.

— Obrigada, Giovanni — ela disse, perguntando-se, enquanto se levantava de sua poltrona, como o menino podia ter concebido um ciúme do velho violoncelista.

Ela parou quase no limiar da porta, porque não tinha ouvido os passos dele se afastando. Como imaginara, Giovanni ainda aguardava na entrada.

— Posso segurar seu braço para ajudá-la nas escadas — ele sugeriu.

Carolina sorriu para ele com o que esperava que fosse uma certa precisão.

— Eu subo e desço as escadas todos os dias — ela disse.

— Mas, e se houver alguém escondido nelas? — ele perguntou. — Ou um copo que caiu da bandeja?

— Tomarei muito cuidado — Carolina prometeu. — Obrigada, Giovanni.

— Eu sou o garoto mais rápido dos estábulos — ele declarou, para encerrar. Em seguida, reforçou seu argumento com uma descida ruidosa, precipitada.

Após um instante, Carolina o seguiu.

— Seu jovem amigo não confia em mim — Turri disse quando ela atingiu o primeiro patamar. — As crianças são excelentes julgadores de caráter.

Por um instante, a imagem dele parado ao pé das escadas, os olhos azuis tão brilhantes que pareciam iluminados de dentro, foi tão forte que, quando o momento passou, ela ficou surpresa de ver que ainda estava cega. A visão a fizera parar no meio do lance de escadas. Ao longo das semanas, desde a festa dos Rossi, ela imaginara mil vezes seu encontro com ele, sempre em uma névoa, na qual o mundo inteiro se desfazia assim que ele tocava sua mão ou pronunciava seu nome. Mas o som real de sua voz teve o efeito contrário: em vez de conduzi-la a um sonho, a fez retornar para si mesma. Seu espírito, que costumava perambular temerariamente entre sombra e lembranças, assentou-se de novo no peito.

— Achei que você fosse um velho — ela disse, recomeçando a descer. — Com um violoncelo.

— Minhas preocupações me envelhecem todos os dias — Turri disse. — Mas até agora nenhuma delas resultou em música.

Carolina desceu o último degrau. Turri beijou-a na face. Algo pontiagudo espetou o corpete de seu vestido. Ela se afastou.

Turri riu.

— Você descobriu seu presente — ele disse.

— Você me trouxe um pônei — Carolina tentou adivinhar.

— Um pônei bem pequeno — Turri admitiu. — Com pernas de pau. Se você se sentar, eu o farei dançar.

Com passos regulares, Carolina conduziu-o ao jardim de inverno, mas, quando se virou para se sentar no divã, ele tomou sua mão. Durante alguns instantes, ele a segurou com força, como um homem zonzo agarrando-se ao galho de uma árvore para recuperar o equilíbrio. Então, soltou-a.

– Não – ele disse. – Sente-se naquela pequena escrivaninha.

Carolina atravessou o aposento até a escrivaninha. Turri seguiu-a de perto. No instante em que a mão dela pousou no encosto da cadeira, ele puxou-a para ela. Obedientemente, ela se sentou.

– Bem – disse Turri, a voz estranha de empolgação. – Um instante.

O tecido áspero de seu casaco roçou em seu braço nu quando ele colocou alguma coisa sobre a mesa. Houve um ruído de papel e o cheiro leve, penetrante, de carvão veio e se foi. Ele girou algum tipo de mecanismo, como se desse corda em um relógio, e o papel rangeu e estalou.

– Pronto – ele disse, dando um passo para trás.

– Devo cantar? – Carolina perguntou.

– Cantar? – Turri repetiu, surpreso.

– Como podemos dançar sem nenhuma música?

Turri riu. Então, inclinou-se sobre a cadeira dela, de modo que seus ombros abrigassem os dela. Seus dedos roçaram pelos braços de Carolina, até suas mãos, que ele pegou na sua e levantou. Quando soltou seus dedos, eles pousaram nas teclas de uma nova máquina.

Carolina estremeceu.

— O que é? — sussurrou.

— É uma máquina de escrever — ele respondeu, a voz baixa e gentil, como se não quisesse assustar um animal arredio. — Olhe.

Ele cobriu a mão direita de Carolina com a sua própria e pressionou seu indicador para baixo. A tecla sob o dedo cedeu.

Ali perto, algo bateu no papel com uma pancada firme.

— Essa é uma letra — ele sussurrou.

— Que letra é? — ela sussurrou também.

— I — ele respondeu. Ele espalhou seus dedos por duas fileiras de teclas. — Há uma para cada letra. Vinte e uma ao todo — ele disse. — Estão na ordem do alfabeto.

Carolina retirou suas mãos das dele e correu os dedos pelas teclas desconhecidas. Os braços de Turri ainda a envolviam por trás. Um leve calor pulsava através de sua camisa fina e colete.

Ela pressionou outra.

— Esta é uma letra? — perguntou.

Turri balançou a cabeça. Seu queixo roçou sua face.

— Não me diga — ela disse. Deixando um dedo na tecla, ela contou dali para trás, até o começo da fileira, e depois contou de volta outra vez. — G — falou.

— Funciona com duas folhas — Turri disse. — Uma é papel preto, coberto de fuligem. A tecla faz uma impressão através dela para a folha seguinte.

— Você esculpiu as letras em madeira? — Carolina perguntou.

– Não – Turri disse. – Eu as roubei de uma pequena prensa que meu pai me deu há anos, quando ele ainda achava que eu poderia me tornar alguma coisa.

– Então, se parece com um livro?

– Com uma página arrancada – Turri disse.

Após o G que ela já havia apertado, Carolina bateu nas teclas R e A em rápida sucessão. Teve que procurar o Z por um instante, seguido rapidamente pelo I e pelo E.

Então, virou-se para ele, agarrou-o pelo casaco e puxou-o. Com uma pressa desajeitada, ele ajoelhou-se no chão ao seu lado. Por um longo instante, o único som que ela podia ouvir era o da respiração dele. Em seguida, delicadamente, ele virou seu queixo de modo que os lábios dela pudessem encontrar os seus. Na mente de Carolina, o teto acima de suas cabeças se abriu de par em par sobre uma enorme dobradiça, expondo o aposento para o céu límpido.

Turri foi o primeiro a se afastar. Uma das mãos de Carolina fechou-se na gola da camisa de Turri, a outra em seus cabelos na nuca.

– Não – ela disse.

– Carolina – Turri sussurrou. – Qualquer pessoa pode entrar aqui.

Isso parecia impossível a Carolina. O beijo soltara suas amarras. Era mais fácil para ela acreditar que o aposento se fizera ao mar do que imaginar que as operações diárias da casa continuavam ao redor deles como sempre.

Mas, como para provar seu aviso, uma porta rangeu no fim do corredor e passos se aproximaram.

Turri beijou seu rosto e se levantou.

– Escreva-me – ele disse. – Diga-me quando irá ao lago.

– Não posso sair – ela lhe disse. Com os olhos erguidos na escuridão para um rosto que não podia ver, suas palavras soaram como uma prece.

Os passos pararam na entrada.

– Bom-dia – Turri disse.

Som de um tecido sussurrando a si mesmo, quando alguém se inclinou ou fez uma leve mesura.

– Quer que lhe traga alguma coisa, condessa? – uma mulher perguntou. Carolina reconheceu a voz como a de Dolce, uma das criadas que serviam seus jantares com Pietro.

– Oh, não – Turri disse. – Eu já estava de saída.

– Devo acompanhá-lo? – Dolce perguntou.

– Obrigado – Turri disse. Inclinou-se sobre Carolina e beijou sua mão. – Escreva-me – falou outra vez. Em seguida, atravessou o aposento.

No corredor, uma chave girou na fechadura. Turri e Dolce trocaram agradecimentos e cumprimentos. Em seguida, a porta se fechou e a chave girou outra vez. Um instante depois, Dolce retornou a Carolina.

– Mais alguma coisa? – ela perguntou.

– Não, obrigada, Dolce – Carolina disse.

Ela ficou ouvindo com atenção, mas Dolce não se retirou.

– O que é isso? – a velha criada perguntou após alguns instantes.

– É uma máquina de escrever – Carolina respondeu.

– Uma máquina de escrever? – Dolce repetiu.

Carolina balançou a cabeça.

– O que ela faz? – Dolce perguntou.

– Ela escreve – Carolina disse.

– Só isso?

Carolina balançou a cabeça outra vez.

Dolce fez um ruído na garganta, tolerante, mas sem se deixar impressionar, como se um dos meninos tivesse lhe trazido um cesto de frutas caídas no solo, em vez de se dar ao trabalho de subir nos galhos mais altos para pegar os melhores espécimes.

– O Santo Padre possui uma pedra filosofal – ela contrapôs. – Transforma água em ouro.

※

– Você consegue dormir com os olhos abertos? – Pietro perguntou. Ele se empoleirou no braço curvo do divã do jardim de inverno onde Carolina se aninhava. Ela não se movera do lugar desde que Turri saíra, horas antes. Passara a tarde ao sabor das horas, enlevada com a lembrança do beijo de Turri, que retornava à sua mente cada vez com um novo sentimento: anseio, desejo, vergonha e gratidão tão profundos que ela temia que seu coração pudesse atrair a atenção de Deus por estar agradecendo quando deveria estar se confessando. Na maioria das vezes, o momento parecia um sonho. Quando começava a parecer real demais, a esperança a paralisava ou o temor enchia seus pulmões.

– Não – ela respondeu. Pela primeira vez desde que ficara cega, desejou poder ver os olhos do marido. Em vez disso, fechou os seus.

Pietro afagou seus cabelos.

– Mas por que – ele perguntou –, se a luz não pode mais acordá-la?

– Não sei – murmurou Carolina.

– É uma questão para a ciência – concluiu Pietro.

Ele beijou o topo de sua cabeça e dirigiu-se ao piano, onde tocou algumas notas desconexas, terminando com um forte, mas desgracioso acorde maior.

– Tentaram me ensinar música – ele disse, e riu. – Foi como ensinar um cachorro a cantar. – Ele tocou os primeiros compassos de uma valsa famosa, depois deixou a mão esquerda cair, mas continuou tocando até o final da melodia. – Seu violinista é bom? – ele perguntou, quando as últimas notas desapareceram.

À menção dessa pequena gentileza, o coração de Carolina deu uma guinada, como um barco atingido por uma vaga gigante.

– Ele é maravilhoso – ela disse, sentando-se direito. – Obrigada.

– Ele é muito feio – disse-lhe Pietro. – Mas toca como se ninguém pudesse vê-lo.

Enquanto falava, deixou o piano, passou pela prateleira de mármore acima da lareira, depois parou à escrivaninha onde Turri colocara sua máquina.

– O que é isto? – ele perguntou.

– O quê? – quis saber Carolina.

Uma tecla chocalhou sem firmeza contra o papel.

– Veja só! – exclamou Pietro. – Faz uma letra!

– É uma máquina de escrever – disse Carolina.

Outra tecla bateu, desta vez com mais força.

– Como você sabe qual é a letra? – indagou Pietro.

– Estão na ordem do alfabeto.

– Aha! – Pietro exclamou. Seguiu-se uma rajada de toques de tecla. – Escrevi seu nome – ele anunciou após um intervalo.

– Com uma letra extra: *Casrolina*. Onde arranjou isso?

– Turri. É uma de suas experiências.

– Turri – repetiu Pietro.

– Assim posso escrever a meu pai. Ou aos nossos amigos. Tentei escrever antes, mas a tinta se espalhava por toda parte.

Outra rajada de toques de teclas. Então, Pietro empurrou a cadeira para trás, atravessou o aposento para beijá-la e virou-se para sair.

Quando ele chegou à porta, ela não conseguiu mais se conter.

– O que você escreveu? – ela perguntou.

– Vai ter que adivinhar! – ele respondeu, e riu.

✣

Quando Carolina acordou naquela noite, alguém se afastou furtivamente do lado de sua cama. Mesmo com a surdez do sono ainda desaparecendo de seus ouvidos, ela sabia o quanto a pessoa estivera perto: tão perto que podia ser o toque de seus dedos que a tivesse acordado. Ela atirou as cobertas para trás e saltou da cama, mas os passos já estavam fora do quarto, parados no topo das escadas. Quando Carolina atravessou a soleira de sua própria porta, eles desceram correndo. Ela apressou-se atrás deles ao longo da curva das escadas, pelo corredor, até a sala de jantar. Quando alcançou a sala, os passos já estavam na outra extremidade. Mais alguns passos e poderiam facilmente tê-la despistado, entrando na cozinha ou na despensa. Em vez disso, pareceram esperar até ela quase alcançá-los. Então, abriram a porta do porão e mergulharam ali dentro.

Carolina hesitou no topo das escadas do porão, detida pelo antigo temor das trevas, mas os meses passados em completa noite haviam privado o medo de seu poder. Ela segurou no corrimão desgastado e seguiu-o escada abaixo. No chão de terra batida do porão, os passos já não rangiam e ressoavam. Foram reduzidos a um andar compassado e uma raspagem ocasional, ainda inequívocos no silêncio.

Na única vez que Carolina jamais abrira a porta do porão, a cozinheira a afugentara, defendendo seu território com todo som e fúria das aves que dominavam os cantos do pátio. Carolina presumira que o espaço deveria ser um único aposento, talvez espelhando a forma da cozinha, mas, conforme seguia os ruídos dos passos, as câmaras sob a casa pareciam suceder-se interminavelmente. Suas mãos roçaram paredes ásperas, uma fileira de garrafas, uma mesa coberta de ferramentas espalhadas. Ela tropeçou nas soleiras de pedra salientes de três cômodos pelo menos.

Ela imaginava que tivessem atravessado por baixo da sala de jantar, passado embaixo do escritório de Pietro e alcançado os recantos externos da casa. Quando prosseguiram em frente, ela começou a se perguntar se talvez já não tivessem ultrapassado os alicerces da mansão e entrado em algum túnel secreto cavado por algum ancestral de Pietro cem anos atrás para o contrabando de bens e o encontro furtivo de amantes.

Então, os passos pararam. Um gemido inumano cortou a escuridão.

Carolina ficou paralisada, os punhos cerrados ao lado do corpo, a mente obliterada de terror, até que uma suave brisa de verão tocou seu rosto, carregando um leve traço de limão. Alguma parte do porão abrira-se para o pátio.

Carolina deu uns passos à frente e estendeu as mãos. Seus dedos alcançaram uma trepadeira. Seguindo a trilha da planta, foi levada a subir alguns degraus rasos de pedra que davam no jardim dos fundos. Os passos desapareceram na grama macia, sem deixar nenhum indício se pretendiam que esta aventura noturna fosse uma brincadeira de mau gosto ou uma fuga.

Foi um pouco de ambas. Pela primeira vez desde que descobrira a porta da frente trancada, Carolina estava livre da casa – mas ela não sabia se conseguiria encontrar seu caminho de volta através do labirinto desconhecido do porão. A atração da liberdade a fez se decidir. Primeiro ajoelhou-se para encontrar a porta do porão, que ficava embutida no declive do jardim. Ela a levantou do meio das flores sobre as quais caíra aberta. Com um breve rangido e uma lamúria, caiu de volta no lugar. Ela deu um puxão na velha madeira para se certificar de que a porta ainda iria abrir quando ela retornasse. Abriu.

A noite era quente e no meio do jardim o aroma de limão deu lugar ao forte perfume de lírios, o perfume mais fraco de rosas e um toque de hortelã. Carolina deixou a cabeça cair para trás, lembrando-se das estrelas.

Em seguida, voltou-se para a casa. Deu alguns passos erráticos pela vegetação invisível até a base da edificação. Colocou a palma da mão aberta contra o estuque áspero e, em seguida, usando a casa como guia, começou a traçar seu contorno, seguindo as paredes a partir do jardim dos fundos, através dos lilases antigos que encobriam o jardim lateral, até o passeio da frente da casa. Ela o seguiu até a estrada e atravessou correndo para o capim alto do outro lado.

Era ali que deveriam estar as estacas de jardim que a levariam ao lago, mas, apesar de encontrar a falha no capim onde ela havia pisoteado e formado um caminho, não encontrou a corda, nem as varas. Ela cobriu cerca de vinte passos, abaixou-se para tocar o capim alto que marcava o caminho de cada lado, mas o capim foi desaparecendo, deixando-a em uma clareira sem nenhuma pista de qual direção tomar. Do outro lado da clareira, ficava a floresta de pinheiros, bastante pequena para atravessar se ela soubesse o caminho, mas grande o suficiente para ela desaparecer ali dentro caso se perdesse.

Atrás dela, ouviu-se o farfalhar de capim.

Em seguida, novamente. Mais uma vez, e os passos tornaram-se inconfundíveis.

Carolina girou nos calcanhares.

– *Contessa!* – Giovanni gritou, sua voz de menino aguda do esforço para controlar o medo. – A senhora está bem?

Carolina riu.

Os passos pararam no capim.

– Eu não sabia que era a senhora – Giovanni disse, o orgulho ferido. – Achei que fosse um fantasma, ou uma bruxa.

– Giovanni – Carolina disse. – O que está fazendo aqui fora a esta hora?

A perspectiva de uma conversa privada com o objeto de seu afeto infantil distraiu Giovanni de fazer-lhe a mesma pergunta.

– Gosto de correr à noite – ele disse. – Se eu correr durante o dia, eles atiram coisas em mim, porque nenhum deles consegue me alcançar.

Carolina deu alguns passos tentativos em direção à voz. Giovanni correu até ela, segurou seu cotovelo e ajudou-a a voltar à estrada no topo da colina.

– Então, você é realmente o garoto mais rápido daqui? – Carolina perguntou.

– Foi o que eu lhe disse! – Giovanni exclamou, magoado com sua dúvida.

– Sim, claro que sim – Carolina disse, e acrescentou para acalmá-lo: – Eu não chamo ninguém mais além de você.

– Pode chamá-los – Giovanni disse, fingindo indiferença –, se não se importar com quanto tempo a mensagem vai levar para chegar.

Carolina atravessou a estrada escura e pisou novamente na borda do gramado de Pietro.

– Até onde você corre? – ela perguntou.

– Não sei – Giovanni respondeu. – Até a estrada e de volta. Há caminhos, na floresta.

Carolina colocou a mão em seu ombro magro e rijo.

– Como você volta para casa? – Carolina perguntou.

Giovanni nem sequer se aproximou da porta da frente. Em vez disso, conduziu-a em diagonal pelo gramado até a entrada da cozinha que dava para o pátio dos criados. A porta estava destrancada. Ele a abriu com um movimento seguro e encaminhou-a à cozinha, através da sala de jantar, até o pé das escadas. Ali, pela primeira vez, ele hesitou.

Carolina apertou seu ombro, depois o soltou e procurou o corrimão.

– Obrigada, Giovanni – ela disse. – Posso ir sozinha daqui.

Giovanni soltou um suspiro agudo, involuntário.

– Foi uma noite tão linda – disse, enleado.

❦

Na manhã seguinte, Carolina colocou uma única folha de papel na máquina. Em seguida, levantou uma folha do papel preto de Turri e habilmente verificou os dois lados. Uma das faces do papel extraordinariamente fino era lisa, mas a outra era coberta de fuligem. Ela colocou o lado empoeirado para baixo, sobre a outra folha na máquina, e posicionou as mãos sobre as teclas delicadas.

Meu querido pai, começou.

Quando terminou, retirou as folhas da máquina, deixou de lado a folha preta e puxou a sineta que tocava nas dependências dos criados. Em seguida, dobrou a carta em três partes e empurrou-a pela escrivaninha até ela bater na base da vela que Liza lhe trouxera anteriormente. Com a carta no lugar, Carolina pegou o bastão de cera do lacre e passou-o pela haste da vela até que os pavios se encontraram e a cera incendiou-se com uma pequena arfada. Ela abaixou a cera bem perto da parte levantada da carta, apertou essa parte para baixo e prestou atenção ao som das gotas de cera que caíam. Depois que várias delas caíram, ela apagou o pavio com um sopro, pegou o sinete e contou até dez antes de pressioná-lo na cera morna.

– Sim? – Liza disse da porta do quarto de Carolina.

– Corte alguns dos lírios junto ao porão e das rosas perto da porta da cozinha – ordenou Carolina. – E leve-as ao meu pai com isto. – Estendeu-lhe a carta.

Lisa pegou-a muito mais rápido do que Carolina achou que pudesse, a julgar pela distância que Carolina estimara haver entre elas.

– Devo mandar Giovanni? – quis saber Liza.

– Não – Carolina disse. – Mande Giovanni aqui.

Ela não ouviu nenhum som de Liza até a escada ranger em algum ponto do primeiro lance.

Em seguida, Carolina virou-se novamente na cadeira, pegou outra folha de papel, substituiu o papel preto e começou uma segunda carta.

❦

Carolina mal havia inalado o ar noturno quando Turri puxou-a para as sombras das rosas brancas que quase encobriam a porta da cozinha.

– Há uma luz acesa – ele sussurrou.
– Uma luz? – ela disse. – Onde?

Em resposta, ele a beijou. Uma reação de calor percorreu-a tão rapidamente que a deixou tonta.

– Na frente da casa? – ela sussurrou quando ele a soltou.
– É Pietro em seu quarto.

– Não é um lampião – Turri disse. – Parece mais uma vela. Nos fundos, na janela do canto.

Carolina pensou por um instante.

– Não sei – ela disse.

– Não consegui ficar esperando em casa, assim sentei-me à beira de seu lago até a meia-noite – Turri lhe disse. – Você tem uma lua perfeita na superfície e um par de mergulhões que a estraçalha toda vez que alguma coisa os assusta.

Desta vez Carolina o beijou. Quando se afastou, ele emitiu um pequeno som de reconhecimento no fundo da garganta, como se tivesse acabado de compreender os resultados de alguma prolongada experiência.

– Leve-me até lá – ela lhe disse.

❦

Turri conduziu-a rapidamente através do gramado de Pietro e pelo meio dos pinheiros, segurando-a quando ela pisava em falso, suas roupas e sua pele exalando o aroma de uma especiaria que ela não reconhecia. Sob o toque de sua mão, os sonhos de Carolina pareciam ultrapassar as fronteiras do sono. A floresta noturna ao redor, que em geral vivia em sua mente como uma sombra negra com retalhos de céu, tornara-se iluminada como o dia, os galhos carregados de flores brancas em um momento, incandescente no seguinte com chamas azuis e cor de laranja. As estrelas além dos ramos das árvores lutavam para manter o equilíbrio, cambaleando loucamente, algumas brilhando muito mais do que ela jamais vira, outras se inflamando bruscamente.

– Você sabe o caminho? – ela perguntou, parando para recuperar o fôlego.

Turri parou ao seu lado. Ele entrelaçou as mãos de ambos sobre o estômago de Carolina e pressionou a face contra a dela.

– Já fiz este caminho umas cem vezes – ele disse. – Quando não consigo dormir, fico parado na floresta, observando suas luzes.

– Mas eu não uso nenhuma luz – ela disse.

– Eu sei – disse Turri.

Quando chegaram ao chalé, ele colocou a mão de Carolina no corrimão gasto pelo tempo e deixou que ela subisse a escada sozinha. Dentro, o cheiro familiar do lago, um leve toque de fumaça da lareira, a mistura de todos os perfumes que ela usara entre as cobertas de veludo quando criança trouxeram lágrimas aos seus olhos. Ela virou-se, repentinamente ansiando pela proximidade de Turri. Mas ele havia parado em algum lugar e silenciado.

– Onde você está? – ela perguntou à escuridão.

Por um longo instante, ninguém respondeu. Então, a mão de Turri ergueu seu rosto até o dele. Trêmulo como um galho sob a chuva, ele beijou sua boca, sua orelha, seus olhos.

※

Quando acordou, Carolina soube imediatamente que estava na casa do lago, mas não se lembrava de como havia chegado lá. Lentamente, as primeiras horas da noite retornaram à sua lembrança, mas embaralhadas aos seus sonhos e em fragmentos tão indistintos pelo calor que não pareciam reais. Vendo-a se mexer, Turri puxou a coberta sobre seus ombros nus. Ela encontrou sua mão e dobrou-a sob seu queixo, como se fosse um bem favorito.

Então, seus olhos se arregalaram.

– Ainda está escuro? – ela perguntou. – Precisa me levar de volta antes de amanhecer.

– Mas estamos aqui há dias – Turri disse. – Já há dois exércitos acampados em nossa entrada.

Carolina ouviu com atenção: ainda nenhum pássaro, nenhum gafanhoto militante. Sentou-se.

– Preciso voltar.

Turri enrolou os cabelos de Carolina nos dedos.

– E se não voltar? – ele disse. – Em vez disso, deixe-me levá-la para uma ilha grega. Arranjaremos uma casa à beira-mar e viveremos de figos.

Carolina sabia de qual livro ele havia escolhido esse sonho: uma coletânea de gravuras do dia a dia de um mundo antigo, que era um dos seus favoritos entre os livros que ele lhe mandara, por causa do turquesa puro nos oceanos de aquarela. Por um instante, a imagem da casa caiada de branco empoleirada em um penhasco se formou, dolorosamente nítida, mas depois começou a perder os contornos, como uma maquete de papel se desfazendo na chuva.

– Preciso ir – ela disse, afastando as cobertas de veludo.

❦

– Ele diz que lhe trouxe um bálsamo – Liza leu. – Mas agora precisa dele para suas experiências. Quer saber quando poderá devolvê-lo.

– Nada mais? – Carolina perguntou, sentando-se direito na cama. Turri devia ter lhe escrito assim que chegou em casa. Ainda não era nem meio-dia.

– Há algumas linhas de um poema – Liza disse.

Carolina refletiu. O trato não explicitado que as duas haviam feito com relação às falhas de Liza em relatar o conteúdo dos livros de Turri era um novo problema agora que Liza tinha uma carta de Turri nas mãos. Liza não era tola. Ela sabia que não deveria torcer o conteúdo principal. Mas Carolina não podia ter certeza absoluta do que ela omitia ou floreava.

– Leia para mim – Carolina disse.

Liza leu:

Um passarinho
Roubou meu coração
E pendurou-o em uma árvore

Carolina avaliou os versos e considerou-os genuínos.
– Obrigada – disse.
– Devo chamar Giovanni? – perguntou Liza.
– Sim. E deixe a carta comigo. – Ela estendeu a mão. Liza pareceu deliberar por um instante, depois obedeceu.

Quando Carolina ouviu os passos leves de Liza lá fora na escada, guardou a página dobrada em uma gaveta e voltou-se para a máquina de escrever. Rapidamente, datilografou uma hora e local de encontro. Giovanni galgava os degraus com grande estardalhaço quando ela apagou o pavio do bastão do lacre. Ele chegou ao seu quarto quando ela pressionava o sinete de metal na cera.

– Giovanni – ela disse, estendendo-lhe a nova carta. – Esta é para o *Signor* Turri. Você sabe ler cartas?
– Sei cantar como um anjo! – ele respondeu.

※

E foi assim que se passaram as primeiras semanas do verão: noites que começavam quando ela se encontrava com Turri no pátio dos criados, dias amenos povoados de devaneios que se emendavam imperceptivelmente em sonhos quando dormia e novamente voltavam a devaneios quando acordava. Turri começou a descobrir os segredos de seu corpo com toda a paixão de um grande explorador. Sua curiosidade era insaciável e sua concentração absoluta. Nada era omitido. Se ela deixasse, ele começava com um beijo casual em sua nuca enquanto a guiava pela floresta e terminava com os dois emaranhados nas agulhas de pinheiros ao lado do caminho argiloso. Cada noite era uma experiência ímpar. Ele abria um a um os botões de seu vestido, afastava-o de seus ombros, mas se mantinha a um passo de distância, delineando seus lábios, seu maxilar, seus seios, para ver onde ela respondia, quando ela prendia a respiração. Quando estavam deitados, aconchegados um no outro, ele cobria seu rosto com as mãos, estudando suas feições pelo tato, como se o cego fosse ele. Ele retornava incessantemente às mesmas curvas e recônditos, para ouvi-la fazer os mesmos ruídos ou, virando a mão, descobrir alguma coisa que havia perdido. O contato de Pietro a deixara confusa de excitação e a surpreendera com prazer, mas ele nunca a estudara dessa forma.

O preço que ela pagou foi alto. Desde que a cegueira apagara seu mundo, reconstruir os aposentos à sua volta na imaginação fora uma luta constante. Agora, com seus dias e noites invertidos, dormindo somente em acessos interrompidos, tornara-se impossível. O sopro repentino de uma brisa parecia o hálito de Turri em sua pele e de repente o piano, o divã, a escada que ela havia tão cuidadosamente localizado eram levados por lembranças que a deixavam na mais completa escuridão quando se apagavam. Sem vigilância constante, ela se esquecia de onde estavam certos objetos, que mesas havia pedido aos criados para mudar de lugar. Jarros pareciam desaparecer sem deixar vestígios. Cadeiras apareciam do nada. O mundo real tornou-se tão imprevisível quanto seus sonhos haviam sido.

Seus próprios sonhos a abandonaram. Tinham sido seu único refúgio da cegueira, mas agora sobrevinham apenas em retalhos e fragmentos, como seu sono. Na melhor das hipóteses, duravam apenas alguns instantes, e eram instantes de pesadelo. Em um dos sonhos, estava parada em um longo corredor de estátuas: todas também eram cegas e ela estava paralisada como as estátuas. Em outro, ela ergueu-se em um voo, mas, assim que seus pés deixaram o solo, a escuridão precipitou-se e engoliu todo o cenário. A perda da liberdade que adquirira nos sonhos a deixou sem nada além de lembranças desconexas para guarnecer os compartimentos de sua mente e bloquear os temores e dúvidas que agora a seguiam como um bando de pássaros vorazes.

Turri usava a palavra *amor*, e ela a devolvia a ele como uma aluna repetindo uma lição em uma nova língua, mas, durante as horas do dia, parecia-lhe uma palavra muito frágil para comportar todos os seus significados: sua esperança juvenil em Pietro, os juramentos que fizera ao padre, os tímidos dons de seu pai, a pele de Turri sobre a dela e seus planos extravagantes. A única coisa que ela sabia com certeza era que sua mente clareava e os temores se dissipavam quando estava com Turri. Mas ela não sabia como lhe explicar nada disso. De sua parte, Turri ainda estava sob o domínio do sonho no qual entrara quando ela se virou pela primeira vez para beijá-lo, disposta a correr todos os riscos, plena de louca ternura.

– Eu posso ver em meus sonhos – ela começou a dizer certa noite, algumas semanas depois de quando ele lhe dera a máquina de escrever.

Turri estivera traçando linhas em sua pele com uma longa pena de ave, mas agora sua mão estava espalmada no meio de seu peito.

– O que você vê? – ele perguntou.

– O vale. Nossas casas. O lago.

– Você me vê? – Turri quis saber.

– Eu o vejo. Mas nós não nos encontramos.

– Você devia falar comigo. Tenho certeza de que sou muito mais inteligente em seus sonhos. Eu devia lhe dar perguntas para você me fazer em seu sono.

De alguma maneira, a conversa se desviara do que ela pretendia dizer. A brincadeira de Turri a fez franzir a testa, frustrada.

Os nós dos dedos de Turri deslizaram delicadamente pela sua face, como se tentasse desfazer a expressão.

– O que foi? – ele perguntou.

– Eu não sonho mais – Carolina disse-lhe, apressadamente. – Acordo e não sei onde estou. – Sua voz se elevou enquanto falava, dissolvendo-se em lágrimas. Surpresa com elas, Carolina escondeu o rosto no ombro dele.

Turri afagou seus cabelos em silêncio. Carolina prendeu a respiração, mas não conseguia impedir que as lágrimas se derramassem na pele dele. Quando passaram, ela ergueu o rosto para beijar seu pescoço.

— Bem, então você poderia estar em qualquer lugar — ele disse delicadamente.

— Eu sei. E odeio isso.

— Não — protestou Turri. — O resto de nós não pode deixar de ver onde está. Mas você pode estar onde quiser. Onde estamos agora?

— Na casa do lago — ela respondeu.

— Não — ele disse. — Onde você quer estar?

Ele virou a cabeça para beijar sua fronte. Carolina fechou os olhos. Uma onda de sono inundou-a e retrocedeu, deixando para trás os fragmentos de um sonho: um palácio abandonado no deserto, o telhado agora apenas ruínas no piso de mármore, as colunas ainda intactas. Os contornos memorizados da casa do lago que ela construíra em sua mente estremeceram, depois desapareceram. Em seu lugar, ergueram-se paredes de mármore desgastadas pelo tempo. Alguém pendurara longos tecidos coloridos acima delas para bloquear o implacável sol do deserto.

— Um palácio na areia — ela disse. — Com xales como teto.

— Pronto — disse Turri. — Viu só?

※

— Tem um homem subindo o caminho — anunciou Liza. A cadeira que havia arrastado para o terraço no começo da tarde raspou nas pedras quando ela se virou para ver melhor. — Um *velho*.

Carolina riu, imaginando o protesto de Turri quando ela lhe contasse este insulto. Ela virou o rosto na direção da brecha na fileira de carvalhos pela qual qualquer visitante tinha que passar para chegar a casa.

– Agora ele parou – Liza anunciou.

Carolina sorriu e acenou.

– Não devia fazer isso – Liza disse. – Ele parece ter visto um fantasma.

O sorriso de Carolina se ampliou, satisfeita com o efeito de seu truque, e abaixou a mão.

– Lá vem ele – Liza disse. – Ele lhe trouxe flores.

Um instante depois, pisadas leves ressoaram no cascalho, talvez a uns doze metros de distância. Carolina reconheceu imediatamente aquele modo de andar.

– Papai! – exclamou.

Os passos se detiveram outra vez.

– Ah – Liza disse baixinho, como se tivesse acabado de desatar algum tipo de nó.

Carolina se levantou e deu vários passos na direção em que ouvira as passadas pela última vez.

– *Cara mia!* – seu pai exclamou. Ele envolveu-a em seu abraço, o casaco impregnado dos cheiros de tabaco e limão. As flores frescas de um buquê pressionaram-se contra sua nuca, as hastes em diagonal sobre seus ombros. Seu pai não se lembrou das flores até Carolina começar a se desvencilhar delicadamente. Então, ele a soltou e pressionou o buquê em suas mãos. – São amarelas e vermelhas – ele disse. – As melhores que temos. Eu as escolhi pelo perfume.

– São lindas – Carolina disse, por hábito. Liza tocou seu cotovelo e Carolina entregou-lhe o ramalhete. Um instante depois, a porta da casa se fechou com um baque surdo. – Quer se sentar? – perguntou Carolina.

– Claro! – seu pai disse animadamente, tomando a cadeira antes ocupada por Liza. Carolina se preocupou por um instante se a cadeira da criada seria boa para o pai, depois percebeu que Liza sem dúvida teria escolhido para si mesma a melhor cadeira que pudesse encontrar. Carolina deixou-se afundar em seu divã, preocupando-se com outro detalhe: seu pai não era um velho. – Recebi sua carta – acrescentou-lhe o pai.

– Fico contente.

– Onde foi que Pietro encontrou uma máquina tão maravilhosa para você?

– Não foi Pietro – disse Carolina. – Turri a construiu para mim.

– Turri – o pai repetiu.

Carolina balançou a cabeça. Quando o pai não disse mais nada, ela acrescentou:

– Acho que ele teve pena por eu não poder ver.

Seu pai continuou calado.

Um rubor da vergonha ergueu-se do coração de Carolina para seu pescoço. Sentiu um aperto no peito. Esquadrinhou as sombras que se amontoavam em sua mente, tentando pensar em outro tópico para a conversa, mas não encontrou nada. Finalmente, apenas estendeu-lhe a mão. Era um gesto temerário, mas o pai tomou-lhe a mão e colocou-a entre as suas sobre o joelho.

– Deve sentir falta de seu lago – disse ele finalmente.
– Sim – assentiu Carolina.
– Quer que eu a leve lá?

※

Seu pai segurou sua mão como se ela ainda fosse uma criança, com todos os dedos pressionados lado a lado como lápis de cor em uma caixa. Ele avançou com passadas firmes pelo mato baixo ao lado da trilha para que o caminho ficasse livre para ela. Ele tropeçou algumas vezes, ou pareceu respirar com dificuldade, e Carolina preocupou-se com o que Liza dissera: se a figura forte, corada, de que ela se lembrava estava se tornando um velho. Mas não havia nenhuma maneira de perguntar.

Em plena luz do dia, com um bom guia, chegar ao lago levava apenas alguns minutos. Carolina sabia que já estavam perto pelo ruído de rãs e gafanhotos, e pelo cheiro de água doce. Mas, quando emergiram da sombra da floresta na terra desmatada que cercava o lago, seu pai parou.

– Sim, olhe só – ele murmurou.
– O quê? – ela perguntou.
– Olá! – Turri chamou da margem oposta. Um instante depois, com menos entusiasmo, seguiu-se um segundo "Olá!". Uma voz de criança: Antonio.

– Seu amigo está aqui – seu pai lhe disse.

– E o filho dele – ela acrescentou.

Seu pai dobrou o braço e ergueu sua mão. De braços dados, ele a conduziu ao redor da margem sem falar.

– Criamos uma safra de girinos – Turri gritou quando se aproximavam. – Cresceram em potes de vidros no parapeito das janelas de Antonio, à base de aveia. Hoje, nós os soltamos.

A alguns passos da voz de Turri, o pai de Carolina parou. Estavam próximos à floresta que dava para as terras de Turri, do outro lado do lago, oposto à cabana.

– Já são quase rãs agora – explicou Antonio.

– Já os soltaram? – indagou Carolina.

– Sim – respondeu Antonio. – Os peixinhos se aproximaram para vê-los, mas um de nossos girinos os expulsou.

– Onde estão agora? – perguntou o pai de Carolina, genuinamente curioso.

Alguém deve ter apontado, porque o pai dela inclinou-se sobre a água.

– Olhe só isso! – ele exclamou.

Carolina tentou retirar seu braço do dele, a fim de que ele pudesse se mover mais livremente, mas o pai se endireitou e puxou-a para mais perto.

– Você criou girinos muito corajosos – ele disse a Antonio com grande seriedade.

– Aprenderam toda a bravura deles com Antonio – disse Turri.

– E seu pai construiu uma máquina de escrever para minha filha – acrescentou o pai de Carolina. – Você o ajudou?

– Eu vi a máquina – afirmou Antonio, sem parecer impressionado. – Faço cartas mais bonitas à mão.

Turri riu.

– É verdade – disse. – Antonio escreve com toda a elegância de uma grande condessa.

– Bem – disse o pai de Carolina –, tenho que agradecer a você pelas cartas de minha filha.

Fez-se um breve silêncio. Carolina esforçou-se para ouvir, mas não conseguiu captar nenhuma pista do que se passava entre eles.

– Fico contente por isso – Turri disse, após um instante.

– Há flores na água – observou Antonio.

– As suas raízes ficam no fundo do lago – disse Turri. – Como uma âncora para manter o navio no lugar.

– Ele gostaria de colher uma? – perguntou Carolina.

– Poderia levar uma para mamãe – sugeriu Antonio.

– Você é muito atencioso – comentou Carolina.

Ouviu-se barulho de água quando Antonio puxou um dos lírios do meio do aglomerado de flores.

– É muito bonita – disse ele. – Acho que é a mais bonita de todas. – Ele pareceu preocupado. – Posso mesmo levá-la?

– Claro – respondeu Carolina. – Deve levar a melhor que puder encontrar para a sua mãe.

– Você é amiga da mamãe? – perguntou o menino.

– Elas cresceram juntas – Turri disse, quando Carolina não respondeu.

– Sua mãe era uma menina muito bonitinha – acrescentou o pai de Carolina. – Ela costumava roubar meus limões e tentar dá-los de comer aos cavalos. Já viu um cavalo comer limão?

Antonio ouviu em um silêncio arrebatado.

– No aniversário de dez anos de Carolina, sua mãe deu um limão para um cavalo que estava esperando no pátio, e, quando ele provou o limão, cuspiu-o tão longe que quebrou a janela de nossa biblioteca.

Outro garoto teria rido, mas Antonio ficou esperando.

O pai de Carolina deu uma risadinha.

– Mas ninguém conseguia ficar zangado com ela – ele disse. – Era bonita demais.

– Ela ainda é bonita – disse Antonio.

– É verdade – concordou Turri, como se seu filho tivesse olhado para ele em busca de confirmação.

Carolina sentiu um aperto no coração. O espasmo de dor reverberou pelo seu corpo. Esforçou-se para manter o rosto impassível. Mas quase imediatamente Turri deve ter estendido sua mão, porque seu pai inclinou-se para apertá-la.

– Nós certamente não pretendíamos interromper sua visita – disse Turri. – Vamos voltar agora. Obrigado.

– Obrigado – repetiu Antonio.

– De nada – o pai de Carolina disse ao menino. – Venha explorar a região sempre que quiser.

– Obrigado – tornou a dizer Antonio. – *Contessa* – falou Antonio, despedindo-se.

Carolina fez um breve cumprimento com a cabeça.

Seus passos desapareceram na grama macia.

– Gostaria que eu a levasse à cabana? – seu pai perguntou.

Um forte temor inundou Carolina. Não tinha a menor ideia de como Turri e ela haviam deixado a casa ou que evidências ela poderia conter. Ela sacudiu a cabeça.

– Basta por hoje – disse.

Seu pai puxou-a para mais perto. A mão dele cobriu a sua.

– Há tão pouco que eu possa fazer por você – ele disse.

Lágrimas assomaram aos olhos de Carolina. Ela prendeu a respiração, mas quando a soltou as lágrimas escorreram pelo seu rosto.

– Não, não – disse-lhe o pai. Aconchegou-a em seus braços como se ajeitasse a asa estendida de um pássaro assustado contra seu próprio peito. – E agora eu a fiz chorar.

※

– Uma ilha – Carolina disse a Turri. – A areia é branca e a lua está no céu.

À medida que transcorria o verão, Turri desenvolveu o hábito de lhe perguntar onde eles estavam toda vez que se encontravam. Diante da pergunta, uma visão sempre surgia em sua mente: cachoeiras escondidas, novos jardins, praias desconhecidas. Talvez embalados por essas fantasias, seus sonhos também começaram a retornar. Ainda sobrevinham em fragmentos, mas não desapareciam assim que começavam. Neles, portas antes trancadas agora se abriam sob sua mão. Quando alçava voo, era sobre terras conhecidas. O amontoado de medos e dúvidas ainda interferia em seus pensamentos, mas ela aprendera a mantê-los a distância, nunca se demorando muito tempo em certos tópicos. O resultado não era paz, mas uma trégua nervosa sob a qual ela era impedida de inspecionar os cantos de seu coração por medo de que a escuridão ressurgisse e a privasse de seus sonhos novamente.

A ilha era uma invenção, mas o luar era real. Desde que ficara cega, suspeitava que pudesse sentir o leve peso do luar em sua pele nas noites límpidas, e o sentia agora, caindo através da janela da casa do lago.

– Posso sentir a lua em minha pele – ela disse a Turri. – Como a luz do sol, porém mais leve.

– E é fria, quando o sol é quente? – ele brincou.

– Não – Carolina disse obstinadamente, colocando o dedo sobre seu ombro. – Aqui, está vendo?

– Tem razão! – Turri disse, surpreso. – Tente outra vez.

– Cientista – Carolina disse, e tocou em sua barriga, no alto, logo abaixo dos seios.

– Como sabe? – Turri perguntou.

– Posso sentir! – Carolina insistiu, tocando o ponto côncavo em sua garganta onde os ossos que dão suporte aos ombros se encontram.

Dessa vez, Turri beijou-o.

※

– Sabe por que nos convidaram? – Pietro disse.

Carolina colocou na mesa o pesado papel de linho do convite, que ele lhe havia entregue apesar do fato de não poder ler a mensagem, e sacudiu a cabeça.

– Querem uma linha escrita em sua máquina – ele lhe disse. – Todas as senhoras do vale a quem você enviou uma carta estão se vangloriando para aquelas a quem você não enviou. Nesta estação, estão valendo mais do que um vestido de Milão.

Nas últimas semanas, Carolina havia enviado um lote de cartas de agradecimentos e cumprimentos como ditavam as normas de cortesia, usando a máquina. Nenhuma delas lhe parecera especialmente digna de nota.

– A quem eu mandei? – ela perguntou.

– À princesa Bianchi, por uma caixa de laranjas – Pietro começou. – Alessa Puccini, lamentando o fato de você não poder se unir a ela em uma cavalgada pelo campo. *Ser* Rossi, quando ele lhe ofereceu um quarteto para a tarde.

– Eu já tenho o seu violoncelista – disse Carolina.

– Na verdade, a princesa Bianchi prendeu sua resposta em um arranjo de hera no consolo da lareira – disse Pietro. – Ela acha que é muito oriental.

Carolina nunca tinha ouvido nenhum vestígio de amargura em sua voz antes, e isso não lhe caía bem. Ela se levantou e levou o convite até ele. Ele ergueu o papel de sua mão. Ela lhe deu o braço e recostou a cabeça em seu ombro. Planejara falar, mas, quando seu rosto tocou o tecido de seu casaco, ela simplesmente fechou os olhos.

※

– É verdade – Turri lhe disse mais tarde naquela noite. – Todas as casas têm em exposição alguma carta ou bilhete que você tenha enviado. É como se você fosse uma poetisa.

- É mesmo?
- Às vezes, eles o colocam bem em cima do consolo da lareira - ele disse. - Os mais elegantes apenas os deixam espalhados pela casa onde não podem deixar de ser vistos.
- Então, agora você é um herói? - Carolina perguntou.
- Claro que não - Turri disse. - A maioria já caiu de árvores em minhas máquinas ou teve as sobrancelhas chamuscadas quando éramos crianças. Eu teria que salvar uma vida para ser redimido. E ainda assim seria: *Ah, Turri, parece que ele se saiu bem, a despeito de si mesmo*. Mas Sophia já está clamando por uma máquina para ela.
- E?
- Eu a fiz lembrar que ela não é cega - ele disse.
- O que ela disse?
- Ela não se importa. Assim, eu lhe disse que esqueci como se faz a máquina.
- Ela acreditou em você?
- Claro que não - Turri disse. - Mas talvez seja assim que possamos fugir. Podemos ir para a cidade e eu construirei máquinas de escrever.

Carolina permaneceu em silêncio. Ela detestava quando ele falava do futuro. Suas piadas a respeito disso eram forçadas, suas esperanças tão simples e impossíveis que a deixavam zonza. As fantasias dele nunca suscitavam qualquer sonho em sua própria mente. Ao invés disso, elas extinguiam qualquer paraíso que ela tivesse imaginado para eles e até ameaçavam as paredes reais da casa do lago.

– Você gostaria disso? – ele perguntou.

Para impedi-lo de continuar falando, Carolina o beijou.

❦

– Este é o livro de palácios – disse Liza.

Há algumas semanas, Liza começara a correr um novo risco em sua narrativa dos livros de Turri: não só inventara novas páginas, mas todo um novo volume: *Naufrágios famosos*.

Na primeira vez, Carolina insistira em descrições detalhadas dos desenhos de quarenta artistas dos desafortunados navios. Liza alegremente condenou cada uma de suas novas invenções a um final cruel: um encalhado em um banco de areia e destroçado por um quente vento do sul; outro estraçalhado em rochas negras quando três raios de assustadores trovões atingiram a costa; outro emborcado pela tempestade que o afundou, de modo que ele bateu no fundo com os mastros primeiro e ficou se equilibrando de cabeça para baixo no leito do oceano para consternação dos monstros marinhos que passavam; outro incendiado por piratas enquanto navegava com as velas enfunadas, dando o efeito, conforme Liza relatou com sua paixão por comparações, de um bolo de aniversário afundando no mar; outro encapsulado pelo gelo de uma tempestade do Ártico, todos os marinheiros congelados em seus postos como estátuas de gelo. Outro, talvez o favorito, sofreu apenas pequenos danos depois de raspar o fundo no pico de uma montanha submersa, seguindo depois suavemente à deriva até seu lugar de repouso final em um leito de areia branca, onde a corrente puxou seus velames esfarrapados, empinando-os outra vez, como se o navio ainda estivesse velejando alegremente através de um vento verdadeiro.

Agora, depois de vários volumes inventados, Carolina se tornara mais exigente: em geral, fazia Liza recitar fluentemente quatro ou cinco opções antes de escolher uma.

– Não, esse não – Carolina dizia. – O que mais você tem aí?

Liza, por sua vez, também se tornara esperta. Carolina, ela sabia, nunca escolhia o primeiro livro que ela oferecia, portanto, se Liza naquele dia estivesse propensa a falar de selvas ou formações de nuvens, ela os mencionava mais adiante em sua lista.

– Desenhos de relógios – ela disse. – Um pássaro salta para fora deste aqui.

– Só isso?

– Tordos – Liza disse.

– Um livro inteiro sobre tordos? – Carolina perguntou.

– Não – Liza respondeu. – São pássaros diferentes, mas são todos pretos.

– Hoje não – Carolina disse. – Mas talvez mais tarde esta semana.

Liza parou por um instante. Em seguida, tentando não deixar transparecer seu próprio entusiasmo, ela disse:

– Desertos.

Era isso que Carolina estava esperando ouvir. De nada adiantava, ela aprendera, pedir à jovem para inventar pássaros pretos se ela não queria. Mas toda tarde Liza ia ao seu quarto com um novo plano, guardando-o cuidadosamente como uma criada encarregada da lareira guarda uma nova chama. Se Carolina pudesse identificá-lo em meio aos outros, o tempo que passavam juntas se tornaria muito mais gratificante.

— Sim — ela disse. — Esse está bom. O que há na primeira página?

— O deserto à noite. A areia é azul e o céu é negro. Há...

Ela silenciou quando passadas pesadas começaram a subir as escadas no térreo. Um instante depois, alcançou o limiar da porta aberta do quarto de Carolina.

— Cubra os olhos! — Pietro vociferou triunfante, depois riu de sua própria piada.

Carolina virou-se para ele. Ela ouviu Liza remexer-se em sua cadeira.

Pietro parou à porta, como se quisesse se orientar ou recuperar o fôlego. Então, anunciou:

— Trouxe-lhe um presente!

— Obrigada — Carolina respondeu.

Pietro atravessou o quarto. Parou em frente à Carolina, ao lado da cadeira onde Liza estava sentada.

— O que é isto? — perguntou. — O mesmo velho livro de mapas?

O livro fechou-se com um baque. Carolina disfarçou um sorriso.

— Pode ir — ela disse a Liza. As saias de Liza farfalharam quando ela se levantou, depois o ruído perdeu-se pela porta.

O barulho de metal sobre madeira lustrosa fez-se ouvir quando Pietro colocou algum objeto na mesa ao lado da cadeira de Carolina. Houve um sussurro de tecido, depois estalou como uma bandeira ao vento.

– Ei! – Pietro disse. – Não tenha medo.

– Por que deveria ter medo? – Carolina perguntou.

Agora ele assoviava: trechos de uma melodia que costumavam cantar quando eram crianças e um jogo terminava, mas ainda faltava alguém, escondido na floresta ou em algum canto da casa.

– Você já me achou – Carolina ressaltou.

– Shh! – ele disse.

Na interrupção da melodia de Pietro, a voz baixa de um pássaro sonolento respondeu-lhe com uma espécie de resmungo exasperado, como se perguntasse se o assunto de Pietro poderia ser mais importante do que o sonho que ele interrompera.

– Pronto! – exclamou Pietro. – Viu?

Diante dessa exclamação, o pássaro aparentemente deu alguma outra indicação de descontentamento, porque Pietro imediatamente se desculpou com ele, a voz repleta de verdadeiro remorso.

– Desculpe-me. Queira me perdoar.

O pássaro, inexorável, recusou-se a cantar outra vez.

– Talvez se você falar com ele – Pietro sussurrou a Carolina. – Acho que ele me considera culpado por todos os solavancos que sofreu na carruagem hoje.

– Creio que eles não cantam à noite – Carolina disse suavemente. – Outros pássaros não cantam.

– Cantam, sim! – insistiu Pietro. – Alguns cantam. Como é aquela história... com a garota no palácio? O rapaz que ela ama vem à sua janela à noite, mas o rei o transforma num rouxinol. Então, o rouxinol canta – ele encerra, triunfalmente.

O medo encostou o dedo frio no coração de Carolina.

– Então, este é um rouxinol? – ela quis saber.

– Não – Pietro respondeu, adotando um tom professoral quando começou a relatar os detalhes que havia colhido na compra. – Este pássaro é da África. O capitão de um navio capturou duas dúzias deles para si mesmo, mas quando retornou à Itália sua mulher o havia arruinado com dívidas de uma vida descontrolada, de modo que ele teve que vendê-los. Eles enchiam toda a sua cabina. Ele os alimentava à mão todas as noites, mas nem todos cantavam.

– Ele tem um nome? – perguntou Carolina.

– Seu imediato não sabia. Ele os estava vendendo porque o capitão não tinha coragem. Achei que seria um pouco de música para você, quando o músico não está por perto. E os pássaros não têm que ser pagos em ouro, hein? – disse Pietro, tornando-se afetuoso enquanto tamborilava os dedos na gaiola. – Apenas um pouco de fruta e sementes.

– Há apenas um? Ele não vai se sentir sozinho?

– Ele vai ter você.

Carolina estendeu a mão. Seus dedos roçaram em arame fino. Algo se remexeu dentro da gaiola.

– Como ele é? – ela perguntou.

– Como um pardal, mas com faixas verdes nas asas – Pietro disse. – Não é muito bonito de se ver, mas era o melhor cantor. Eu o escolhi com os olhos fechados.

※

– Um navio pirata? – perguntou Giovanni. A gaiola chocalhou levemente quando ele deu umas pancadinhas no arame. Dentro, o pássaro remexeu-se, ofendido.

– Não sei – Carolina disse. – Pode muito bem ter sido.

– Meu tio é um pirata – Giovanni alegou, deixando o pássaro para trás para apoiar-se no braço da cadeira de Carolina. – Eu tenho seu olho de vidro. Quando nasci, seu papagaio era maior do que eu. Foi quando ele deu seu olho à minha mãe. Não precisava dele para ver.

– É mesmo? – Carolina perguntou.

– Não! – Giovanni disse enfaticamente. – Ele só o usava para amedrontar as pessoas.

– Tenho certeza de que é assustador – Carolina disse.

– É verde – Giovanni disse. – Não tem nenhum branco como nossos olhos. Dizem que parece... – ele parou para dar mais efeito – *um pedaço do mar*.

Com isso, o pássaro desatou a cantar entusiasticamente, uma celebração tão intensa que Giovanni afastou-se do lado de Carolina para ir investigar.

– Qual é o nome dele? – ele perguntou quando o pássaro silenciou.

– O que você acha? – Carolina perguntou a ele.

※

– Babolo? – Liza repetiu. Ela levantou as duas tranças que acabara de fazer da nuca de Carolina, enrolou-as habilmente e começou a prendê-las no lugar.

– Parece que se trata do nome de um pirata cantor – Carolina disse.

– Giovanni sabe tanto sobre piratas quanto eu a respeito da construção de uma catedral – Liza disse. Carolina sorriu. Ultimamente, em suas páginas imaginárias, Liza andara construindo toda uma sequência de fantasias arquitetônicas: esparramadas mansões árabes, infetadas de minaretes; igrejas que se arremessavam tão alto no céu que faziam os homens e mulheres que atravessavam a soleira de suas portas parecerem pequenos pontos lá embaixo.

O pássaro trinou com perfeita expectativa de obediência. Quando as duas vozes se calaram, ele iniciou uma cantoria ascendente, rouquenha, que mais parecia uma risada.

– Você era o rei? – Carolina perguntou-lhe. – De sua pequena cabina? De todas as árvores?

Em resposta, o pássaro começou outra melodia. Sua voz era um assobio límpido, como uma flauta, e seu catálogo parecia extenso: fragmentos de música de funeral e lamentações lado a lado com hinos triunfantes, marchas nupciais e fantasias de amantes, todos interrompidos assim que ameaçavam se transformar em melodia.

– Carolina – Pietro disse. – Um cartão para você.

O canto do pássaro mascarara o som de seus passos quando ele entrou no quarto. Surpresa, Liza deixou o colar que colocava no pescoço de Carolina escorregar de suas mãos. Carolina prendeu a respiração, depois a soltou lentamente enquanto Liza recuperava a joia das dobras de seu vestido.

O pássaro fitou-os furiosamente por um instante, depois perdeu o interesse.

– De quem é? – Carolina perguntou.

– Turri – Pietro disse.

Liza conseguiu prender o colar na segunda tentativa. Em seguida, sem pedir licença, virou-se e caminhou para a porta. Ali, hesitou, como se momentaneamente retida pelo problema de ter que se desviar de Pietro. Então, seus passos leves desceram as escadas.

O medo latejou nas têmporas de Carolina.

– Leia-o para mim – ela disse.

– Ele diz que andou revendo os movimentos das estrelas. Houve chuvas de meteoros à noite passada e ele espera vê-las novamente esta noite, por volta de uma da manhã.

Carolina considerou aquilo uma falta de cuidado imperdoável.

– Por que ele me escreveria isso? – ela perguntou, genuinamente aborrecida.

– E você nem pode vê-las – ele acrescentou.

Carolina sacudiu a cabeça para o espelho invisível e virou-se na banqueta de sua penteadeira para ficar de frente para o marido.

— Estou sorrindo — Pietro disse-lhe após um instante. — Você está tão bonita.

Atravessou o aposento e inclinou-se para beijá-la, deslocando a joia em seu pescoço.

— Turri é um louco — ele disse. — Não deixe que ele a perturbe.

※

— *Por favor* — Turri disse.

O forte aroma das rosas da cozinha no ar noturno dificultava o raciocínio. Turri a alcançara assim que ela saíra pela porta. Agora, ele a levantou do chão e arrastou-a com alguns passos instáveis na direção da floresta.

— Não! — Carolina sussurrou. — Eu só vim porque era muito perigoso ter você espreitando perto da casa a noite inteira, com os criados sonâmbulos andando por aí e só Deus sabe o que mais fazendo suas próprias patrulhas no pátio.

— Seus criados são sonâmbulos? — Turri perguntou, repentinamente um cientista.

— Não sei! — Carolina disse. — Alguém caminha pela casa à noite.

— Um fantasma! — Turri exclamou.

— Achei que você fosse um homem de razão.

— A razão acredita na explicação mais óbvia — Turri disse. — Algo que você não pode ver, vagando pela casa à noite: um fantasma, obviamente.

— Mas eu sou cega — Carolina disse. — Outra pessoa talvez pudesse vê-los.

– Não estou pronto a abrir mão dos fantasmas, nem mesmo para a ciência – Turri disse. – Ainda tenho algumas coisas que quero perguntar a eles. – Ele beijou sua testa, agarrou-a pela cintura com mais força e a fez se desequilibrar, de modo que ela deu mais alguns passos trôpegos na direção do lago.

– *Não* – Carolina disse. – É impossível. Não posso sair toda noite. Alguém vai nos pegar.

– Então, eu *teria* que levá-la daqui – Turri disse.

Carolina suspirou de impaciência.

O beijo seguinte foi terno: um pedido de desculpas, ou uma promessa.

Atrás deles, algo se espatifou no chão da cozinha. Os braços de Turri apertaram-se como um torno ao seu redor e ela enterrou o rosto em seu peito. Com a mesma rapidez, separaram-se.

– O que foi isso? – Turri quis saber. Afastou-a para o lado, para passar por ela e entrar na casa.

– Não faça isso! – ela sussurrou ferozmente. Ela o empurrou de volta ao pátio da cozinha, entrou, fechou a porta entre eles e trancou o ferrolho, deixando-o na escuridão da noite. Ela ouviu seus pés rasparem a pedra do lado de fora, mas, para seu alívio, ele não bateu.

Ela atravessou o pequeno aposento da porta que levava ao pátio e parou na entrada da cozinha. Ali, nada agora quebrava o silêncio da noite. Carolina estendeu o pé e descreveu um pequeno arco logo depois da soleira. A ponta de seu pé descalço tocou a textura de grãos finos: açúcar ou sal. Ajoelhou-se.

Açúcar. Tirou o dedo da língua e passou as mãos de leve sobre o piso descrevendo um círculo maior. Desta vez, suas mãos alcançaram um caco de cerâmica: mais ou menos do tamanho de sua mão, e afiado. Dependendo do tamanho do pote que se quebrara, o chão entre ela e o resto da casa devia estar cheio de dezenas de outros perigosos cacos espalhados. Ela voltou à porta que dava para o pátio. Sabia que Turri ainda estava do outro lado: ele era capaz de esperar ali mais uma hora inteira depois de ouvir o último ruído que ela fizera. Mas, apesar do perigo à sua frente, a perspectiva de Pietro descobrir Turri na casa àquela hora da noite apavorava Carolina ainda mais. Ela respirou fundo, silenciosamente, e virou-se novamente para a cozinha.

O açúcar parecia ter se espalhado a partir da esquerda, como se alguém o tivesse arremessado ao chão em vez de simplesmente tê-lo deixado cair. Para a sua direita, não havia tantos grãos espalhados. Com os braços estendidos para manter o equilíbrio, ela atravessou os aposentos com largas passadas, cuidadosamente explorando cada novo passo antes de colocar seu peso nele. Se roçava na borda áspera de um pedaço de cerâmica, ela rapidamente se desviava. Só esperava não estar deixando uma trilha de pegadas ensanguentadas por cortes feitos por cacos menores que ela não podia sentir.

No limiar da sala de jantar, ela parou, ouviu com atenção, e depois continuou, movendo-se rápida e silenciosamente. Quando estava prestes a alcançar o outro lado, ouviu o som de passos.

Carolina ficou paralisada.

Os passos avançaram para ela com determinação, vindos da sala de estar ao lado, sem fazer nenhuma tentativa de dissimulação.

Pela primeira vez, Carolina fugiu dos passos. Agachou-se, entrou no porão e fechou a porta atrás de si. Escondida nas escadas, ela prendeu a respiração. Como temia, os passos entraram na sala de jantar, onde pararam por um instante como se examinassem o território. Em seguida, atravessaram para a cozinha, apressados: perseguindo ou fugindo.

Assim que seus passos desapareceram, Carolina deslizou furtivamente pela porta do porão outra vez, apressou-se com passos leves pelo corredor principal e subiu correndo as escadas para seu próprio quarto.

※

– Cinquenta rosas brancas, das roseiras perto da cozinha – Giovanni anunciou. – O patrão deu a ordem, mas eu mesmo as colhi.

O coração de Carolina se apertou, depois disparou de medo.

– Que trabalheira deve ter dado! – ela disse, sentando-se direito na cama. – Espero que os espinhos não tenham espetado suas mãos.

– Retirei todos os espinhos delas – Giovanni disse orgulhosamente. – Está vendo?

Quando ela virou a cabeça, ele roçou o buquê pelo seu rosto, desajeitadamente, mas com grande ternura, como um menino ainda aprendendo a beijar.

– Vou colocá-las em cima da mesa. Onde a senhora pode pegá-las.

– Obrigada – ela disse. Seu coração começou a desacelerar, mas agora sua mente é que tentava correr à frente. – Já é um pouco tarde? – ela perguntou. – Houve algum problema na cozinha?

– Alguém pegou o pote de açúcar da cozinheira – Giovanni disse, encorajado pela intimidade. – Então, ela teve que abrir o saco que havia separado para si mesma.

Carolina esboçou um sorriso diante do terrível dilema da velha cozinheira. Em seguida, a razão se instalou outra vez e seu sorriso desapareceu.

– A senhora não precisa contar ao patrão – Giovanni disse ansiosamente. – Ela não rouba muito, só açúcar e chocolate, e laranjas no inverno.

– Mas não o encontraram? – Carolina perguntou. – O açúcar desapareceu?

– Alguém o levou – Giovanni repetiu. Quando ela permaneceu em silêncio, ele confidenciou. – Acho que foi o fantasma.

Diante da palavra, o corpo de Carolina se enregelou.

– O fantasma? – ela forçou-se a murmurar.

– Não precisa ter medo – Giovanni disse. – Quando corro atrás dele, ele sempre foge.

※

– Não vejo por que Carolina não iria gostar de sair de barco – Pietro disse afavelmente. – Não é preciso ver para nadar.

– Ninguém disse nada sobre nadar – a condessa Rossi retrucou, incapaz de controlar um tom arrogante, apesar do fato de ter ido ali pedir um favor. Suas festas sempre marcavam a abertura e o encerramento do verão. Este ano, quando o outono começou, ela idealizou um evento final que transcorreria sobre a água. A ideia era embarcar no ancoradouro de Pietro no rio e descer a corrente com acepipes e música até o lago de Carolina. O pai de Carolina já havia concordado com o uso de sua propriedade. Agora, a condessa só precisava da bênção de Pietro – e da cooperação de Carolina para a *pièce de résistance*: convites feitos na máquina de Turri.

– Não sei – Carolina disse. – Detesto usá-la com muita frequência.

– Bem, eu estive com Turri – a condessa disse. – Muitas de nós estiveram. Perguntei qual era o preço dele, e ele pediu metade de nossas terras ancestrais. Ele disse a Marta Scarlatti que precisaria de seis pereiras vivas, cobertas de ouro. Sophia diz que é porque ele não consegue se lembrar de como fazer outra máquina igual. Assim, receio que a sua seja a única no vale.

– Quantos barcos temos? – Pietro interrompeu. Ele sentou-se ao lado de Carolina no divã. Nesta tarde, em um gesto sem precedentes, ele começara a alisar os cachos de Carolina que caíam sobre seus ombros como uma brincadeira sem propósito. Com um afago, um cacho ficava liso sob a palma de sua mão, até ele soltar a mecha e ela enrolar-se novamente em uma onda escura. O gesto estranho preocupou-a, mas o movimento também era calmante, como água batendo na areia.

– Talvez uma dúzia – a condessa Rossi disse. – Os criados podem remar de volta corrente acima depois que cada grupo desembarcar.

– Ótimo – Pietro disse. – Fornecerei o vinho. Todos os nossos criados podem preparar e servir.

– Maravilhoso – disse a condessa Rossi. – E quanto aos convites, minha cara, não quero lhe dar nenhum trabalho. Se você enviar a máquina, tenho certeza de que eu mesma poderei aprender a usá-la. Sua tentativa de se mostrar mais cordial era irritante, como uma cantora tentando alcançar notas muito além do alcance de sua voz.

– Não será necessário – disse-lhe Carolina.

※

Carolina não gostava de vagar pela casa de Pietro em seus sonhos. A réplica em sua mente era cheia de armadilhas e segredos: ela atravessava a sala de jantar até a porta da cozinha, passava por ela e se via de volta na sala de jantar outra vez, ou subia as escadas e descobria que o segundo andar havia desaparecido e um bando de pássaros agora descansava, em uma única fileira, nas estreitas saliências formadas pelas paredes dos cômodos abaixo. Armários eram repletos de nuvens de mariposas pretas. Velas eram capazes de incendiar buquês de flores frescas. Maçanetas giravam e giravam, mas nunca abriam uma fechadura. Havia até uma criança que vagava, do mesmo modo que ela, de aposento em aposento: uma menina tão pálida que às vezes seus lábios pareciam azuis, de cabelos cheios e negros, caídos até abaixo do avental branco amarrado à sua cintura. A menina estava sempre carregando alguma coisa, uma xícara, um pequeno galho ou um livro, e, assim que Carolina aparecia, ela sempre se apressava a sair do aposento.

Depois que Carolina aprendeu a voar, adquiriu o hábito de deixar a casa o mais rápido possível quando se via lá dentro – geralmente através da janela mais próxima. No sonho desta noite, a janela ao pé de sua cama já estava aberta. Ela caminhou suavemente até o parapeito baixo e agachou-se para saltar.

Amanhecia. As estrelas pálidas distribuíam-se em padrões desconhecidos: as colheres e o caçador haviam desaparecido, mas ela conseguiu ver um pássaro, as asas erguidas para pousar; um barco com as velas enfunadas; um homem agachado.

Ela deu um passo para fora do telhado e planou acima do pátio. Quando chegou à floresta, mergulhou no meio das copas das árvores e pousou no topo de um pequeno monte que havia surgido ao lado de seu lago.

Turri já estava lá, amarrando uma teia complicada de corda vermelha que prendia uma filigrana de folhas largas de pergaminho no formato geral de asas. As asas eram sustentadas por um esqueleto de varetas que ele construíra de cada lado de um par de cadeiras de braço comuns, presas a uma pequena plataforma de madeira. Entre elas, na plataforma, via-se um balde de limões que pareciam ter sido rolados em fuligem.

– O que você fez com esses pobres limões? – Carolina perguntou, aproximando-se.

– Não toque neles – Turri disse. – Estão cheios de pólvora.

Carolina cruzou os braços.

Turri deu a volta à sua máquina, sacudindo o pergaminho, verificando as varetas e apertando algumas cordas.

– Eles são o combustível – ele explicou quando surgiu novamente do outro lado. – Está pronta?

Carolina balançou a cabeça, confirmando. Ele indicou uma das cadeiras e ela sentou-se. Turri sentou-se ao seu lado, selecionou um limão do balde prateado e largou-o dentro de um tubo preto com um cheiro horrível, posicionado logo atrás de sua cadeira.

Com o barulho de um trovão distante, o aparelho arremeteu-se por cerca de um metro acima do solo e ficou lá parado, estremecendo. Turri olhou para ela encantado, depois selecionou outro par de limões e lançou-os pelo tubo. Isso deu ao veículo a coragem que precisava para romper com a gravidade. Ele os ergueu com firmeza para o céu, assomando acima do topo das árvores no tempo que Carolina levou para inspirar e expirar uma única vez. O vale se espraiou abaixo deles, as sombras de todas as árvores e edificações extremamente longas na primeira luz do dia.

– Olhe só pra isso! – Turri exclamou. – Já viu alguma coisa igual?

Antes que Carolina pudesse responder, o tubo escuro atrás deles tossiu, depois engasgou. Turri rapidamente colocou outro limão lá dentro, mas, um instante depois, a sofredora fruta amarela foi lançada para fora outra vez, em chamas, furando um buraco do tamanho do punho cerrado de um homem no infeliz pergaminho arqueado acima. A pequena plataforma balançou violentamente como um barco no mar encapelado. Turri virou-se para lançar outro limão no tubo. A máquina rangeu, em seguida começou a zumbir outra vez. A plataforma se estabilizou. Ele tomou sua mão.

Um enorme trovão explodiu acima deles, seguido do que pareceu uma rajada de cascalhos caindo sobre as asas que os sustentavam no ar. Então, fragmentos incandescentes de casca de limão começaram a cair através do pergaminho, que se recolhia do calor das chamas à medida que elas se tornavam mais fortes.

Quando caíam rapidamente em direção ao solo, Turri beijou-a, muito delicadamente, como se não soubesse se devia acordá-la ou não.

❦

Turri beijou-a outra vez.

Carolina abriu os olhos.

– Aí está ela – disse ele com ternura. – Sobre o que andou sonhando?

Carolina suspirou e virou a cabeça na curva do ombro dele.

– Que você construiu uma máquina de voar para mim – respondeu ela.

– Sou uma pessoa cheia de habilidades em seus sonhos – Turri disse. – Em nenhuma circunstância você jamais deve concordar em sair do chão em qualquer coisa que eu tiver construído na vida real. Foi um sucesso?

Carolina hesitou apenas por um instante.

– Sim. Tinha a forma de um cisne, com uma plataforma e uma cabina de capitão, e movia-se a limões.

Turri riu e beijou-lhe a face. Ele afagou seus cabelos.

– Não funcionou, não é? – ele perguntou.

– Não.

※

– Chegamos – Turri sussurrou quando alcançaram o jardim da cozinha. – Esta é a porta.

– Eu sei – Carolina sussurrou em resposta.

– Não sabe, não – retrucou Turri. – Eu podia tê-la trazido ao portão de algum palácio fantástico.

– Não – Carolina insistiu. – Posso sentir o perfume das rosas e a maçaneta sempre range na minha mão. – A fechadura abriu-se com um leve estalido. Ela se afastou de seu beijo de despedida e deslizou para dentro da casa.

Como sempre fazia, parou a um passo da soleira, recostou-se contra a porta e ouviu com atenção, como outra mulher teria esperado para que seus olhos se acostumassem à escuridão. A casa estava em silêncio. Os cheiros de alho e café do jantar ainda pairavam no ar. Ela atravessou o pequeno aposento que dava para a cozinha.

Dali, desde que não entrasse em pânico, estava a salvo. Não havia nenhuma razão para que ela, como dona da casa, não devesse ter descido para comer um bolo ou beber alguma coisa. Firmou-se contra o batente da porta e abaixou-se para remover seus reveladores sapatos úmidos. Em seguida, deslizou rapidamente pela cozinha e parou no limiar da sala de jantar.

Lá fora, no pátio, um pombo arrulhou sonolentamente, o que significava que Turri estava errado ou mentira para ela sobre terem ficado juntos quase até de manhã. Ela começou a atravessar a sala de jantar, despreocupadamente afagando os encostos das cadeiras que lhe indicavam o caminho, e entrou no corredor.

Na outra extremidade, junto à porta da frente, alguém deu um passo e parou.

Carolina enfiou os sapatos nas pregas de sua saia e ficou imóvel.

– Carolina? – Pietro perguntou por um instante, espantado. – Você está bem?

A mão de Carolina voou para a gola do vestido. Com alívio, constatou que se lembrara de abotoá-la.

– Você me assustou! – ela disse.

Pietro riu.

– Não precisa temer bandidos em nosso vale – ele disse. – Tudo que poderiam roubar seriam livros e limões.

Devagar, sem nenhuma de sua costumeira confiança, Carolina começou a descer o corredor na direção de Pietro. Cada passo que dava parecia-lhe um risco, como se o som de sua voz tivesse aberto buracos nas paredes invisíveis ou aberto fendas no assoalho.

Quando o alcançou, ele beijou seu rosto ternamente.

– Não conseguiu dormir?

Carolina se perguntou quanta luz teria atravessado as janelas altas e estreitas que flanqueavam a porta, e se seria suficiente para revelar seus pés descalços.

– Não importa quando eu durmo – ela lhe disse. – Às vezes, gosto de andar pela casa quando ninguém pode me ver.

– Quer que eu a leve ao seu quarto? – ele perguntou.

– Obrigada – ela disse, o peito apertado de medo. – Sei onde fica.

Ao se virar, afastando-se, ela girou os sapatos pelas pregas do vestido e pressionou-os com força contra o estômago, de modo que suas costas esbeltas os bloqueasse da visão dele enquanto ela subia as escadas. Somente quando fechou a porta de seu quarto atrás de si é que percebeu que não havia perguntado a ele onde havia estado.

※

Naquela tarde, o violoncelo parecia estar sentindo falta do lar de sua juventude. Foi eloquente sobre os longos dias passados vagando por estradas amadas, pensou no modo como a luz se refletia do rio que corria junto à sua casa e relembrou um coro de vozes familiares. Depois, lamentou-se, buscando consolo pelas ruas de uma nova cidade, sem encontrar nenhum.

Quando a melodia terminou, Carolina levantou a cabeça do divã. Ela nunca conversara com o violoncelista antes, exceto para agradecer ou pedir-lhe para continuar com outra música, mas agora, repentinamente, ela queria conversar com ele como um amigo. A vontade de colocar seus fardos aos pés de outra pessoa surpreendeu-a com sua força.

Quase tão depressa, ela compreendeu o quanto ele era um completo estranho para ela.

– Não sei de onde o senhor é – ela disse.

O velho músico permaneceu calado. O silêncio era tão profundo que a escuridão na mente de Carolina começou a engolir as paredes e janelas do aposento. Involuntariamente, ela estendeu as mãos, buscando algo que provasse que essa visão era errada.

Quando ele viu isso, respondeu:

– Florença.

– Como os poetas – Carolina disse. Suas mãos haviam encontrado a mesa de pequenos objetos que ficava ao lado do divã. Ela levantou um soldado de metal, explorou os contornos vivos de seu uniforme com os dedos e recolocou-o de volta em seu lugar. – Onde aprendeu a tocar essas canções? – ela perguntou.

O velho músico não respondeu. Carolina descansou as mãos no colo e voltou os olhos para ele, como um crente olhando cegamente através da tela de um confessionário.

– Minha filha – ele disse –, eu não quero saber seus segredos.

※

– O rei está montado em um elefante – Liza disse. – É como uma vaca, com a juba de um leão.

Ela narrava a vida de um Cesar anônimo, contada em ilustrações. Liza era uma boa mentirosa, mas raramente incorreta, aferrando-se, com o instinto de um mentiroso, a tópicos que conhecia bem ou àqueles que ninguém poderia saber. Hoje, entretanto, ela estava dando asas à imaginação.

– Que assustador – Carolina comentou. Ela achou ter sentido um leve vestígio de um novo cheiro no quarto: lírio e almíscar, algum tipo de perfume. Quando Liza virou a página seguinte, o perfume chegou até Carolina outra vez.

– Agora, ele construiu uma enorme torre com gravetos e ateou fogo. Está queimando com tal furor que as faíscas se transformam em estrelas.

– Liza – Carolina interrompeu-a. – Você está usando um perfume?

O livro fechou-se com uma batida. Liza não disse nada.

Carolina riu, encantada.

– É um segredo! – ela disse. – Um presente de um namorado?

Um silêncio sepulcral foi sua resposta.

– Liza! – Carolina provocou-a. – Você está namorando alguém?

Ouviu-se o farfalhar de tecidos, soprando o aroma para Carolina outra vez, quando Liza se levantou e largou o livro sobre a cadeira.

– Já terminamos? – Liza perguntou. – Precisam de mim na cozinha.

— Ele parece achar que construímos este lugar inteiro apenas para ele — disse Pietro, perplexo.

Babolo gorjeou pedindo silêncio, depois esperou para se certificar de que dispunha de toda a atenção de sua plateia antes de irromper em uma canção que Carolina começara a reconhecer como sua exultação do despertar. Era cheia de ostentação, histórias de guerras e promessas impetuosas, e Babolo a reservava exclusivamente para as manhãs ensolaradas. Nos dias cinzentos, ele costumava resvalar para o devaneio, com oportunidades perdidas, praias longínquas e amor não declarado como seus temas.

— Eu realmente acho que você me trouxe um reizinho — Carolina disse. — Ou, ao menos, o cantor do rei.

Ao som de sua voz, Babolo parou abruptamente. Remexeu-se acintosamente em seu poleiro, seus sentimentos extravagantemente ofendidos.

— Oh, Babolo — Carolina disse. — Isso foi um elogio.

— Músicos são sensíveis — Pietro disse.

Carolina riu.

Pietro lhe trouxera uma laranja no meio da manhã. Segurando metade da laranja na palma de uma das mãos, ela traçou o contorno de um único gomo, separou-o dos demais e estendeu-o a ele. O toque de seus dedos era cálido em sua mão, que ficara fria com a fruta gelada.

— E Liza! — ela disse. — Você a viu no pátio com algum dos garotos? Ontem, eu brinquei com ela, perguntando se tinha um namorado, e ela saiu marchando do quarto e se recusa a voltar.

Babolo trinou para cima e para baixo de duas escalas, para lembrá-los do que estavam perdendo.

– A cozinheira até mandou Giovanni subir com o café da manhã – Carolina disse. – Liza nunca o deixa trazer o café da manhã. Acho que é porque ela rouba metade das frutas. Havia o dobro hoje de manhã.

– Bem, as mulheres são um mistério – Pietro disse cautelosamente. – Mesmo quando são novas.

– Sim, mas você tem que observá-la para mim – Carolina disse. – Na cozinha, ou no pátio. Ela mesma nunca me contará.

– Farei isso – Pietro prometeu.

❧

– Onde estamos? – perguntou Turri.

Tinham parado assim que atravessaram a porta da casa do lago, ligeiramente arquejantes da caminhada pela floresta. A cabeça de Turri estava abaixada, de modo que sua testa tocava a dela. Suas mãos brincavam com o fecho da capa em seu pescoço. Ela entendeu a pergunta: um pedido para que ela inventasse outro lugar em seu jogo contínuo.

Turri beijou-a. A casa do lago em sua mente ergueu-se suavemente de seus alicerces e flutuou em direção aos céus. Por um instante, as sombras os envolveram. Em seguida, paredes de pedra começaram a emergir das trevas, lustrosas de sereno. Os dois permaneceram parados em um passadiço entre lagoas de água verde, sob um teto baixo, arqueado. A água era iluminada de baixo. Onde as luzes brilhavam através da água, ela cintilava em dourado. A capa deslizou de seus ombros.

– Uma gruta – ela disse. – Há luzes embaixo da água.

Turri estivera desabotoando os botões em sua nuca, os dedos roçando a pele fina sobre sua espinha dorsal conforme prosseguiam. Quando chegou à sua cintura, ele soltou a última presilha. O vestido deslizou para o chão. Turri soltou o ar dos pulmões numa arfada. Por um longo instante, ele não a tocou. Em seguida, envolveu o rosto de Carolina em suas mãos e beijou-a outra vez. Ela procurou a pele dele por baixo da camisa. Uma das mãos dele espalmou-se em sua omoplata e puxou-a para si.

Lá fora, um ramo seco estalou na escuridão.

Os dois ficaram paralisados.

– Não foi nada – ele disse, falando baixo. – Algum animal. Ouça.

Desta vez não foi apenas um pequeno galho, mas folhas secas farfalhando e estalando conforme alguém caminhava por elas, sem fazer nenhum esforço para disfarçar sua presença.

– O fantasma – Carolina sussurrou.

– Não – Turri disse. – Um cachorro ou uma pequena corça. – Ele afagou seus cabelos delicadamente, como se ela fosse uma criança preocupada.

O ruído na mata parou. Turri ergueu seu queixo com o polegar.

– Viu? – ele disse.

Um passo soou nas escadas da casa. Carolina encolheu-se contra Turri, a pele nua fria de medo. O visitante hesitou por um instante, depois subiu até a porta. Turri cruzou os braços por trás das costas de Carolina, como se estivesse se preparando para enfrentar uma ventania.

Uma voz de criança, aguda de pavor, perguntou:

– Papai?

No instante seguinte, Carolina ficou sozinha.

A porta fechou-se com um baque surdo e os passos de Turri soaram nas escadas lá fora.

– Antonio – ele disse, a própria voz alterada pelo medo. – O que foi?

Carolina agachou-se, procurando o vestido pelo chão empoeirado. Quando encontrou um punhado de renda, puxou-o para si.

– Fui procurar mamãe – Antonio disse. – Mas ela desapareceu.

Carolina pôde ouvir as escadas rangerem quando Turri levantou Antonio nos braços. Ainda agachada, ela entrou atabalhoadamente no vestido. Conseguiu enfiar os braços nas mangas, mas, quando tentou se levantar, descobriu que estava pisando na saia, o que a forçou a inclinar-se.

– Você não estava na biblioteca, nem no laboratório – Antonio disse, repassando as possibilidades com precisão científica.

– Então, você veio até aqui – Turri concluiu. – Você teve muita coragem.

Diante desse elogio do pai, a coragem de Antonio finalmente fraquejou.

— Fiquei com medo! — ele disse, a voz alteada e embargada de lágrimas.

— Tudo bem — Turri disse. — Tudo bem. Vou levá-lo para casa.

Seus passos familiares, pesados com a carga de Antonio, desceram as escadas.

Carolina desvencilhou-se de suas saias e se levantou. Por alguns instantes, pôde ouvi-lo passando pela grama. Depois, até mesmo esse som desapareceu.

Desajeitadamente, ela abotoou o máximo de botões do vestido que conseguiu alcançar. Encontrou a capa e atirou-a nos ombros. As trevas agitavam-se nas janelas e engoliam grandes faixas do lago em sua mente, mas a perspectiva de ser descoberta ao alvorecer no mesmo lugar era ainda mais assustadora.

Ela deslizou da casa para a margem do lago, onde sabia que algumas das estacas que havia enterrado no verão anterior ainda estavam de pé, a corda que amarrara agora frouxa entre elas. Batendo loucamente nos juncos, ela conseguiu encontrar uma das estacas que a conduziu ao longo de uma corda torcida, entremeada de madeira quebrada, até outra estaca ainda de pé, a meio caminho da margem. Com inúmeros falsos começos e passos equivocados, seguiu sua trilha quase arruinada ao redor do lago e através da floresta. Quando as cordas e estacas acabaram entre os pinheiros, Carolina seguiu a subida da colina até a estrada, depois atravessou o pátio, até alcançar a fachada de estuque da casa. Tateou pela parede de volta à porta da cozinha e deslizou pela casa até seu quarto. Com os dedos desajeitados do frio, desabotoou o vestido e deixou-o cair no chão outra vez. Quando se enfiou na cama, a escuridão consumiu tudo: o lago, a estrada, a casa, suas mãos, parando apenas no limiar de seu coração. Pela primeira vez, acolheu-a com gratidão, enquanto ela a tragava para um sono sem sonhos.

※

– Não é bem uma carta – Liza disse, com certo desdém.

Sua batida na porta acordara Carolina havia apenas alguns instantes. Carolina sentou-se na cama e afastou os cabelos do rosto. O aposento à sua volta tomou forma em sua mente por um momento, inundado da luz da manhã. Logo, porém, despedaçou-se, sob um assalto de lembranças: árvores escuras, água negra, uma criança assustada.

– Leia para mim, por favor – ela disse.
– *Perdoe-me* – Liza leu.

Um momento se passou. O coração de Carolina encheu-se de lágrimas. Mordeu o lábio, reprimindo-as.

– Só isso? – perguntou.
– Há um número – Liza disse. – Sob o nome.
– Que número? – quis saber Carolina.
– Um – Liza respondeu.

Era a hora para se encontrarem, à uma da madrugada seguinte.

– Obrigada – Carolina disse.

No chão, Liza moveu o vestido descartado de Carolina com o pé ou a mão.
- Isto tem que ser lavado - ela disse. - Quer que o leve?
- Por favor.

※

Carolina não escolheu faltar ao encontro com Turri. Ela simplesmente soube, da mesma forma que sabia seu próprio nome ou qualquer outro fato simples, que era impossível cumpri-lo. Uma espécie de véu fora rasgado em sua mente durante a noite, enchendo-a de uma luz ofuscante. Nela, o lago se tornou um lampejo cáustico. Em suas margens, a figura de Turri tremeluzia, fraca como uma chama soprada por uma corrente de ar.

Ela tentou passar a tarde imersa em sonhos, mas o sono pairava por perto, porém fora de seu alcance, afugentado pelas ondas de vergonha que inundavam seu coração e o medo que se enraizara em seu peito. Lembranças de Turri que ela acalentava com carinho, pequenas brincadeiras, certos toques, não funcionavam mais para confortá-la. Ao mesmo tempo, não ousava se mover. Tinha a sensação de que o que quer que houvesse rasgado o véu havia também enfraquecido suas outras defesas, e que agora qualquer movimento, por mais leve que fosse, poderia escancarar os quartos trancados de sua mente, liberando criaturas que ela ainda tinha medo de nomear.

Às dez daquela noite, o sono começou a se avizinhar. Para não se deixar levar pelo sono antes de Turri chegar, Carolina colocou o relógio de mesa para soar a cada quarto de hora. Na primeira vez que o fez, Babolo se assustou. Às onze, ele considerou o relógio um inimigo. À meia-noite, exasperado com a falta de respeito do relógio por seus protestos veementes, ele caiu em um sono nervoso, determinado a não enaltecer a estranha máquina com mais atenção, apesar de não poder se refrear de emitir algumas notas de insatisfação toda vez que ele repicava.

Carolina permaneceu em sua cama conforme as horas passavam, a respiração superficial com o peso do medo em sua caixa torácica. Quando o relógio soou uma hora, seus olhos estavam abertos, as mãos espalmadas no cobertor de veludo. Com o passar das horas, ela captara o som de pássaros noturnos se refugindo nos beirais do telhado, folhas sacudindo-se ao vento, a casa rangendo à medida que o calor do dia a abandonava em direção ao céu. Mas agora não havia nenhuma perturbação do silêncio, nem dentro, nem fora da casa. Em algum lugar, Turri esperava silenciosamente nas sombras. Quando ela não apareceu, ele não fez nenhum alarde.

※

– Cor de lavanda – disse Liza. – Com renda verde.

Carolina sacudiu a cabeça. Faltava uma hora para a festa da condessa Rossi e fazia uma semana que Turri a deixara no lago. Todos os dias desde então ele enviara uma nova mensagem: desculpas canhestramente codificadas, novos horários para se encontrarem. Ela não respondeu nenhuma delas. Não era por um novo bom-senso, por raiva ou vergonha: seu coração simplesmente se retraiu à ideia de encontrá-lo da maneira como recolhemos a mão, sem pensar, do calor de uma chama. Mas, conforme os dias se passaram, a luz cáustica em sua mente se amenizou. A escuridão familiar retomou seu lugar, trazendo seus sonhos com ela. Deixou-se afundar neles com gratidão, mas com uma persistente sensação de temor que a impedia de voar ou explorar. Seus desejos se tornaram simples. Geralmente, acomodava-se em qualquer lugar que estivesse em seu sonho, para observar as nuvens deslizarem pela face da lua ou a água passar sob uma ponte, satisfeita de estar onde quer que não fosse um pesadelo ou sua vida acordada.

Turri não aparecia em seus sonhos, mas durante o dia ela começou a sentir sua falta, não com o desejo que a arrastara pela casa escura em seus primeiros dias, mas da forma como uma criança cansada sente falta de sua cama. Ela sabia que ele estaria entre os convidados esta noite. Como sempre, ela não conseguia imaginar um futuro com ele presente, nem mesmo onde poderiam se encontrar esta noite ou o que qualquer um dos dois diria. Nessas questões, sua mente era um perfeito vazio, como se tivesse se aproximado de um muro branco que se estendia interminavelmente em ambas as direções. Mas seu coração batia com força e sua pele estava sensível com a expectativa.

– Azul-escuro – Liza disse. – Fitas pretas.

– Não – Carolina disse.

– Veludo vermelho, com enfeites azuis.

– Esse é um vestido de inverno.

Liza remexeu nas profundezas do armário.
— Seda azul-clara — ela disse.
Quando Carolina não respondeu, ela tentou novamente:
— Turquesa com debruns azul-marinho.
— São todos azuis? — Carolina perguntou, em parte por brincadeira, em parte para ouvir a reação de Liza.
Para surpresa de Carolina, Liza não se deixou provocar.
— Renda branca — ela disse. — Com enfeites azul-claros.
— As mangas são curtas? — Carolina perguntou. — Com um pouco de renda?
— E renda na gola — Liza disse. — Com o debrum azul em volta.
— Traga-o para mim — Carolina disse.
Obedientemente, Liza estendeu o vestido sobre os joelhos de Carolina, o corpete em seu colo e as saias amplas derramando-se pelo chão. Carolina tateou a renda engomada, seguindo sua curva ao redor do corpete até os botões cobertos na nuca.
— Está bem — ela disse.
Liza ergueu o vestido de seu colo. Carolina levantou-se e deixou seu robe cair sobre uma cadeira.
— Aqui — Liza disse. Ela farfalhou o vestido no chão em frente a Carolina. Carolina marcou o lugar do vestido com o pé, depois pisou na área de carpete exposta entre as dobras do tecido. Quando Carolina já estava posicionada, Liza levantou o vestido e guiou as mãos de Carolina pelas mangas. Em seguida, deu a volta para trás de Carolina e começou a fechar a longa carreira de botões.

Carolina passou as mãos pelas pregas de seda que caíam de seus quadris.

– Ainda cai perfeitamente – ela disse.

Liza não respondeu enquanto não fechou o último botão.

– Pronto – ela disse.

– Vou precisar de algumas flores para o cabelo – Carolina disse. Mas não muitas. Eu mesma posso prendê-las.

– Há algumas à espera – Liza disse. – Giovanni colheu-as hoje de manhã, mas a cozinheira não o deixou trazê-las aqui àquela hora.

– Mande-o vir, então – Carolina disse.

Ao invés de sair imediatamente com seu modo arrogante como sempre fazia, Liza hesitou, demorando-se.

À porta, Liza parou outra vez.

– Precisa de mais alguma coisa?

– É só – Carolina disse laconicamente, franzindo a testa, confusa.

❦

Pietro esteve toda a tarde no lago, supervisionando os preparativos para a festa da condessa Rossi, de modo que foi Giovanni quem conduziu Carolina da casa, pela encosta da colina até lá embaixo, à margem do rio. Já se ouviam dezenas de vozes: risos e cumprimentos e ordens contraditórias sobre o melhor procedimento para lançar os barcos cheios de convidados. Carolina esforçava-se para ouvir, a pele carregada de eletricidade, mas não percebeu a voz de Turri entre elas.

– Terei prazer em lhe fazer companhia – Giovanni disse, segurando sua mão com ar de proprietário conforme desciam a ladeira pouco íngreme. – Pode querer um copo de vinho ou precisar enviar um recado.

– Obrigada, Giovanni – ela disse. – Creio que irão cuidar muito bem de mim.

– Agora o patrão nos avistou – Giovanni disse, com um tom de ressentimento. – Está vindo para cá.

As vozes perto da água silenciaram quando ela se aproximou, até Carolina saber que estava apenas a alguns passos da aglomeração. Ela parou.

– Você foi de grande ajuda – ela disse.

Giovanni apertou sua mão apaixonadamente antes de soltá-la.

– A senhora parece um anjo vindo do céu – ele conseguiu dizer, como se revelasse um segredo militar sob algum tipo de ameaça.

– Carolina! – Pietro disse, beijando seu rosto. – Já estive em cada um destes malditos barcos esta tarde. Sua mãe estava convencida de que moramos muito para o interior para saber construir barcos que não afundem.

– Algum deles afundou?

– Não, mas eu quase afoguei a cozinheira – Pietro disse. – Já tivemos que lançar os músicos ao mar. Estavam atirando salsichas neles em terra, como se fosse algum tipo de jogo. – Ele notou a presença de Giovanni, ainda parado ali. – Muito bem, então. Você já a entregou. Não precisa mais ficar parado aí.

– Obrigada – Carolina disse para os passos de Giovanni que se afastavam.

– Vou colocá-la na fila de espera de um barco – Pietro disse. – Eu a levaria para a frente da fila, mas você não ia querer nenhum dos barcos que estamos carregando agora.

No meio do rio, os músicos começaram a afinar os instrumentos. Retalhos de melodias irrompiam entusiasticamente e em seguida se extinguiam outra vez, adoráveis, mas incongruentes, como um mural visto à luz de uma única vela.

– Pronto, chegamos – Pietro disse, após alguns passos. – Quer que eu lhe traga alguma coisa? Temos torta de limão e azeitonas. Não temos mais salsichas.

– Carolina – Turri disse, tocando levemente seu braço.

Um estremecimento de medo percorreu seu corpo de cima a baixo, logo seguido de uma onda de calor.

– Olá – ela disse.

– Turri! – Pietro disse, animadamente. – O que está achando de nossa festinha? Valeu a pena eu ter encharcado meus pés?

– Estou gostando muito – respondeu Turri. – Os barcos na forma de cisnes, as criadas com asas.

– Os barcos não têm a forma de cisnes – Pietro interrompeu-o. – Não precisa zombar dela porque ela não pode ver.

– Tudo bem – Carolina disse, pressionando seu braço.

– Um barco para a condessa – o criado anunciou da água.

– O senhor também vem?

– Não – Pietro disse. – Só Deus sabe o que pode acontecer se eu deixar estas criaturas sozinhas. Isto é um barco, não um cisne, Turri. Acha que consegue levar minha mulher em segurança até o lago?

Se Turri deu uma resposta, não foi falada. Ele tomou o braço de Carolina e conduziu-a pelo declive da margem.

※

Carolina recostou-se nas almofadas do barco. A água batia no casco baixo.

Em benefício dos outros convidados no meio do rio, Turri iniciou um modo amistoso de conversa.

– Este barco parece ter sido construído pelo filho adolescente do jardineiro dos Rossi, baseado nas lembranças turvas que o vovô Rossi tinha de Veneza – ele disse. – Mas não posso culpar o barco. Até parece um pouco acanhado, como os cachorros quando as meninas os vestem como crianças.

Carolina não fora capaz de imaginar este encontro, mas esperara algo incontrolável: uma confusão, um desastre. Para sua surpresa, sentiu-se como sempre se sentia nas milhares de vezes em que conversaram.

– Nunca vi Veneza – ela disse.

– É uma cidade terrível – Turri lhe disse. Grunhiu de insatisfação com seu desempenho nos remos. – Um pântano. Habitado pelos ciganos mais teimosos do mundo.

Mais uma remada e o barco deslizou em frente.

– Não foi o que ouvi dizer – Carolina comentou.

– Não são todos ciganos – Turri se corrigiu. – Alguns deles são ladrões.

Agora, os músicos haviam finalmente chegado a um acordo quanto à melodia: uma popular música de dança da estação anterior. Podia ser ouvida perfeitamente pela superfície da água, juntamente com risos e imprecações dos outros barcos. Na água, Carolina já não conseguia avaliar sua localização pelo som inconstante. Em um momento, um barco parecia tão próximo que pudesse ser tocado, no outro as mesmas vozes eram quase inaudíveis.

– Onde estamos? – Carolina perguntou.

– Confortavelmente no meio da correnteza – Turri disse. – O verdadeiro perigo em uma tempestade, como sem dúvida você sabe, não é enfrentar o mar aberto, mas ir bater na praia.

Próximo dali, a pá larga de algum remo bateu na água com grande estardalhaço, e em seguida, encorajado pelos berros e gritinhos, bateu outra vez.

– Carolina – Turri disse, a voz baixa e alterada. – Não durmo há vários dias.

– Podem nos ouvir – Carolina lhe disse, tentando manter a própria voz descontraída.

– Não estão ouvindo – ele insistiu. – Não posso sobreviver a isso. Diga um lugar. Partiremos no mesmo instante.

– Pare – Carolina disse.

Turri calou-se.

O coração de Carolina parecia ter dobrado de tamanho no peito. Seus braços nus formigavam, como se ameaçassem se transformar em asas.

– Está escuro? – ela perguntou.

– Há tochas aqui e ali – Turri disse, um tom de desespero na voz. – Mas apenas tornam as sombras imensas e a água como o fogo do inferno.

Carolina inclinou-se para frente, estendendo as duas mãos. Quando encontrou as dele, levou-as ao rosto e beijou-as.

※

– Turri – o pai de Carolina cumprimentou-o laconicamente.

Os criados de sua família haviam arrastado móveis menos preciosos pela floresta até a beira d'água para a ocasião. Carolina estava enroscada no canto de um sofá desconfortável, enterrada em grossos acolchoados. Pietro esparramava-se ao seu lado, um braço atirado frouxamente por cima de seus ombros. Sua mãe e seu pai ladeavam o sofá em cadeiras de braço, uma de cada lado. A clareira era iluminada por tochas em estacas. Uma delas iluminava seu pequeno círculo e aquecia a nuca de Carolina.

– Turri! – Pietro exclamou. – Onde andou se escondendo?

– Ele estava no lago, em um barco meio inundado, tentando me atirar pela borda – Sophia disse. – Mas ele esqueceu que eu sei nadar.

Pietro sacudiu-se com uma risadinha.

– Você dificilmente poderia se afogar neste laguinho – a mãe de Carolina disse. – Uma criança pode ficar de pé na parte mais funda.

– Agora tem dois metros e setenta – o pai de Carolina disse em defesa de sua criação. – Todo ano, o rio traz mais sedimentos. Eu drago o lago toda primavera, quando o gelo derrete.

— É uma profundidade respeitável para qualquer lago — Turri disse.

— No primeiro ano, mandei começarem a escavar antes mesmo da primavera — o pai de Carolina disse, encorajado. — Eles estavam cortando tufos de capim congelado enquanto a neve ainda caía. Eu fazia os homens se lavarem na estufa toda noite, para minha mulher não saber o que se passava.

— Mas eu sabia — Carolina disse.

— Sabia? — seu pai perguntou, surpreso.

— Eu o seguia — Carolina disse. — E depois eu sabia voltar sozinha.

— Carolina — Sophia disse —, você precisa me deixar tomar emprestada a máquina do meu marido. Todo mundo fala sobre isso, mas eu nunca a vi.

— Nem eu — Carolina disse.

Turri riu, depois se deixou cair no silêncio geral. Na água, os músicos começaram a tocar uma música espanhola.

— É um presente tão estranho — a mãe de Carolina disse.

— O que o fez pensar nisso?

— Devia lhe perguntar por que ele fez um balão com os lençóis do meu enxoval — Sophia disse.

— E funcionou? — Pietro disse. — Eu sempre quis voar num balão.

— Ela se recusou a sequer colocar o pé nele — Turri disse.

— Eu enviei o Antonio este verão.

— O que ele viu? — Pietro perguntou.

— Não quis me contar — Turri disse.

— Bem, deixe-o responder minha pergunta — a mãe de Carolina disse. — Por que uma máquina de escrever?

— Por que se inventa alguma coisa? — Turri perguntou-lhe.

— Sim, mas uma máquina de escrever — a mãe de Carolina insistiu. — Era de se imaginar que você construísse um aparelho que a fizesse enxergar.

— Sou um cientista — Turri disse. — Não um santo.

※

— Lá vêm os músicos — disse Pietro. Inclinou-se para beijar Carolina, depois se levantou. — Vou lá protegê-los de nossos amigos.

A música cessara e o vozerio dos convidados agora parecia estranho e deslocado sob o céu noturno. Repiques de júbilo definharam para risos contidos e os berros dos homens se reduziram a murmúrios bêbados, como se todos de repente temessem se envergonhar diante das estrelas vigilantes.

Depois que Pietro se foi, Carolina puxou a coberta sobre os ombros, levantou-se e caminhou os poucos passos até a beira d'água.

— Eu não faria isso — Turri disse. — As verdadeiras jovens afogadas não são tão bonitas como as que pintam nos quadros.

— Como você faria isso então? — perguntou Carolina.

— Eu poderia colocá-la no balão e cortar a corda — ele disse. — Você poderia se perder no espaço ou até acabar na Lua.

— A festa estava bonita? — ela quis saber.

— Você precisava ter visto — ele disse. — Pietro equipou todos os barcos com velas feitas das anáguas de suas criadas: turquesa, violeta, verde e dourado. Depois, pendurou lanternas neles, de modo que o lago parecia cheio de vaga-lumes tentando escapar de sacos de papel colorido. Os músicos tocaram em uma plataforma flutuante, dentro de uma tenda vermelha iluminada.

— Ele pensa em tudo — Carolina disse.

— É verdade — Turri disse.

— Lá está ele! — A voz de Sophia ressoou mais abaixo na margem do lago.

Turri tomou a mão de Carolina e beijou-a, como mandava o protocolo. A sensação de seus lábios em sua pele pareceu-lhe dolorosamente familiar.

— É só dizer, Carolina — ele sussurrou. — Diga-me quando.

❧

Carolina esperou quase uma hora depois de Pietro levá-la de volta ao seu quarto naquela noite. Quando teve certeza de que a casa à sua volta dormia, ela desceu silenciosamente as escadas e atravessou o corredor principal. Na sala de jantar, achou um dos candelabros, seguiu a linha de sua haste até a curva dos braços, depois tocou as folhas douradas que se amontoavam na base de cada vela. Deixou a mão cair no caminho de mesa de linho que cobria toda a extensão do aparador e correu os dedos pelas vinhas entres peras e cachos de uvas bordados.

Passou à sala de estar, onde vagou pelo meio da mobília espalhada, revisitou seus objetos de adorno favoritos, sentiu o brocado das cortinas que ladeavam as janelas da frente. Atravessou o corredor para o jardim de inverno, passou a mão por toda a extensão do divã e tocou de leve as teclas do piano com uma canção da qual mal se lembrava, sem realmente executá-la. Chegou até a caminhar corajosamente de volta pelo corredor até a sala de jantar, onde abriu a porta que dava para o porão e respirou várias vezes o ar abafado antes de fechá-la outra vez.

De vez em quando, ela se revelava deliberadamente, com um passo mais pesado ou o ruído de uma estatueta de porcelana na superfície dura de alguma mesa. Toda vez ela parava para ouvir, mas nunca captou sequer o som de um passo.

※

– Essa foi muito triste – Pietro disse, na tarde seguinte. Inusitadamente, ele se juntara a Carolina na sala de música quando ouviu o músico tocar. – Não tem algo mais alegre?

Em resposta, o velho músico lançou-se furiosamente em uma composição que corria do topo do alcance de seu violoncelo até à base, onde se virava e saltitava de leve pelos acordes para cima de novo até uma grande altura. Demorava-se lá por um instante, como se fizesse uma pausa para apreciar tudo que podia ver daquele ponto privilegiado, depois descobria um caminho estreito entre as altas rochas e vagueava ponderadamente por ele.

– Não sei bem se era isso que eu tinha em mente – Pietro murmurou, remexendo-se desconfortavelmente no divã, ao lado de Carolina. Ela estivera aconchegada na curva da única aba do divã antes de ele chegar, de modo que todo o peso dele equilibrava-se precariamente na ponta do sofá, onde Carolina deveria estender os pés. Nessa parte do divã, o encosto desaparecia, não deixando nada onde Pietro pudesse se recostar.

– Ele não gosta quando você diz que a música é triste – Carolina sussurrou.

Quando a melodia terminou, Pietro se levantou, aplaudindo entusiasticamente.

– Bravo! Bravo! – exclamou. – Lindo! Acho que chega por hoje. Obrigado!

Carolina endireitou-se no divã, a testa franzida, e esperou pelo som dos passos de Pietro deixando o aposento de modo que ela pudesse dizer ao velho músico que continuasse. Mas Pietro permaneceu enraizado ao lado do divã. Após um instante, a cadeira do músico deslizou na madeira do assoalho. Seu instrumento bateu com um som oco quando ele começou a guardá-lo.

– Mas ele só tocou duas músicas – protestou Carolina. – Eu fico ouvindo durante horas.

Pietro não respondeu.

O medo fez a nuca de Carolina formigar. Ela cruzou as mãos no colo.

O velho músico arrancou a partitura do suporte. O arco bateu ruidosamente na tampa do estojo. Os trincos fecharam-se com estalidos secos. Em seguida, ele começou a virar o estojo para cima.

– Ah, permita que eu – Pietro começou, alarmado. Em seguida: – Ora, veja só isso! – Ele riu. – Não podia imaginar que fosse capaz, meu velho!

– Boa-tarde para ambos – o velho músico disse, empurrando seu instrumento para fora da sala.

Pietro retomou sua desajeitada posição ao pé do divã e tomou a mão de Carolina. Ele não falou.

O sangue correu de todas as partes do corpo de Carolina para seu coração, que o enviou imediatamente de volta. Seu rosto e seu peito ardiam. Suas mãos estavam congeladas.

– Pietro – ela começou.

– Não! – ele disse, a voz rouca com alguma emoção profunda.

Carolina mergulhou em silêncio.

Pietro tomou sua outra mão, juntou suas palmas e envolveu-as delicadamente nas suas, como um garoto tentando levar uma borboleta capturada para casa.

– Carolina – ele disse, tão serenamente como ela jamais o ouvira falar. – Não tenho sido leal com você.

– Leal? – ela repetiu.

– Fiel – ele disse, a voz elevando-se ligeiramente, como se surpreendido pelo som das palavras que tinha que usar para confessar. – Eu... com Liza – ele terminou.

A mente de Carolina sobressaltou-se. Depois, a escuridão começou a inundar o aposento através de cada janela, varrendo as mesas, os tapetes, o piano. Ela retirou as mãos.

— Como ousa? — ela disse, a voz muito baixa.

— Achei que você soubesse — Pietro disse, como se tentasse resolver um problema de matemática em voz alta. — Você me pegou no corredor naquela noite. E me perguntou sobre o perfume que eu dei a ela.

Quando Carolina se manteve em silêncio, ele apressou-se a continuar.

— Ela é apenas uma menina — ele disse. — Uma tolinha.

— Sei que tipo de garota ela é! — Carolina disse, levantando-se.

Pietro abaixou a cabeça contra o estômago dela.

— Sinto muito — ele disse, a voz embargada.

Carolina ergueu o rosto de Pietro para que ele olhasse em seus olhos cegos. Qualquer que tenha sido o efeito, ele o fez se calar.

— Você teria me contado isso se eu pudesse ver? — ela perguntou.

O queixo dele virou-se em sua mão. Ela manteve seu rosto imóvel.

— Sou sua mulher, não seu padre — ela disse. — Não quero sua piedade!

Ela caminhou com precisão pelo meio da mobília e saiu da sala.

※

Lá em cima, não hesitou.

Tocou a sineta imediatamente, chamando um criado. Em seguida, dirigiu-se à máquina de Turri e datilografou uma mensagem: *Partirei com você esta noite*. Embaixo, indicou o lugar e a hora, duas da manhã, na casa do lago.

– Estou aqui – apresentou-se Giovanni.

Carolina retirou o papel da máquina de escrever e dobrou-o.

– Leve isto ao *Signor* Turri imediatamente – ela disse, estendendo-lhe o bilhete. – Se tiver outras tarefas, mande outra pessoa fazê-las.

– Estarei de volta antes que percebam que saí – Giovanni retrucou prontamente.

– Ótimo – Carolina disse. – Obrigada.

Ainda assim, Giovanni hesitou.

– Mas a senhora não o lacrou – ele disse.

– Isso não importa agora – ela lhe disse.

❦

Carolina esperou o dia passar em uma cadeira junto à janela, o coração dormente e a mente imóvel, não por nenhum esforço próprio, mas como uma máquina que parou depois de um choque. Mesmo assim, seus demais sentidos funcionavam. Ela ouviu o relógio de mesa marcar cada fração das horas e, quando tocou meia-noite, encontrou sua capa e fechou-a na garganta.

Ao passar, roçou os dedos pelas fileiras duplas de teclas na máquina de Turri. Eram frias ao toque, como se o luar na verdade retirasse-lhes o calor, ao invés de aquecê-las como a luz do sol. A máquina estava sem papel, mas ela acionou aleatoriamente algumas das teclas familiares. A seguir, virou-se e saiu.

Os passos deviam estar à sua espera do outro lado de sua porta.

No meio das escadas, começaram a segui-la, de perto. Ao pé das escadas, ao invés de atravessar até a porta, Carolina voltou atrás pelo longo corredor. Os passos seguiram-na, juntamente com um leve traço de perfume.

Carolina girou nos calcanhares.

– *Liza* – disse.

Os passos pararam.

Carolina lançou-se para frente e agarrou um braço fino e um punhado de cabelos. Soltou os cabelos, agarrou o outro braço e sacudiu a garota, com força.

– Você me segue como uma ladra desde que eu vim para esta casa – ela sussurrou furiosamente.

– Eu queria ver aonde você ia – disse Liza. Sua voz, elevada num tom suplicante, soou como a de uma criança.

– Você me deixou lá fora no pátio sem meios de voltar para dentro.

– Você queria sair, mas a porta estava trancada – Liza disse. – Eu a vi tentando abri-la.

– Então, você é apenas uma boa criada, de dia e de noite? – Carolina perguntou.

– Não sei – Liza disse, a voz entrecortada.

Carolina soltou-a e passou por ela em direção à porta.

– Aonde você vai? – Liza sussurrou, assustada.

Carolina encontrou a maçaneta. Desta vez, ela girou sob sua mão. Ela saiu para a escuridão.

※

Pela primeira vez desde que ficara cega, ela correu.

A paisagem ao redor se envergava em sua mente. Em um momento, a casa e as árvores estavam exatamente onde sempre estiveram. No seguinte, as estrelas brilhavam sob seus pés e estranhas montanhas assomavam a distância. De algum modo, ela conseguiu descer a encosta até a beira do rio. Usando o barulho da água como guia, continuou ao longo da margem, agarrando-se aos juncos para manter o equilíbrio. Este era o caminho mais longo, mas o único que não a deixaria vagando em círculos pela floresta. Eles podiam arrancar as estacas da trilha que ela fizera, mas não podiam mudar o curso do rio até seu lago.

Depois do ancoradouro de Pietro, o capim da beira do rio subia até sua cintura e açoitava suas mãos. Carolina enrolou as mãos machucadas nas dobras da capa e seguiu em frente até o capim dar lugar a arbustos espinhosos e árvores indomadas. Com a cabeça abaixada, ela avançou atabalhoadamente, a capa prendendo-se e rasgando-se nos galhos invisíveis. Finalmente, o mato cedeu lugar à lama que começou a curvar-se em um longo arco. Ela chegara ao lago.

Com as mãos estendidas, prosseguiu ao longo da margem oposta, marcando seu progresso entre as árvores. Encontrou as gêmeas através de um palpite certo, tomou uma direção com base na maneira como os troncos se abriam em galhos e localizou a muda de carvalho logo abaixo na margem, e depois dela o grosso carvalho. A macieira conduziu-a em frente pelo cheiro adocicado das frutas apodrecidas no solo, derrubadas pelos ventos de outono. Dali, eram apenas alguns passos pelo meio dos galhos do salgueiro que se inclinava sobre a ponte para o seu lado do lago. Um instante depois, ela encontrara o corrimão, um tronco fino que a guiou acima da ligeira elevação da barragem onde o rio murmurava baixinho, conforme se recobrava após a queda do lago.

Agora, ela conhecia o caminho. Até quando criança, ela poderia ter dado esses últimos passos com os olhos fechados. Seguiu os juncos da beira d'água até encontrar o lugar onde seu pai os mandara arrancar para criar um ancoradouro. Então, virou-se e galgou a ligeira subida até sua casa. Seus cálculos inconscientes foram exatos: ao estender a mão para o corrimão das escadas da cabana, ele estava exatamente onde ela esperava.

Lá dentro, um soluço curto, furioso, escapou de seu peito. Deixou a capa cair dos ombros e livrou-se dos sapatos. Suas saias ainda estavam pesadas de lama e sereno, mas ela enrolou-se sob as cobertas frias mesmo assim. A escuridão avançou e a submergiu como uma onda.

※

Quando se ergueu acima das copas das árvores, as luzes das estrelas esmaeceram, como se alguém tivesse estendido um véu sobre seu rosto. Depois, se extinguiram. Carolina imaginou que tivesse voado para dentro de uma nuvem noturna e elevou-se ainda mais. Ainda assim, nenhuma estrela, nenhuma sombra.

Assustada, deixou-se cair de volta ao chão. A descida parecia interminável e a escuridão absoluta. Sem fôlego, zonza, ela espalmou as mãos na esperança de agarrar um galho ou uma folha. Nada além de ar frio deslizava por entre seus dedos. Um novo terror começou a se instalar: o de que agora ela pudesse estar cega também em seus sonhos.

No instante em que esse pensamento penetrou em sua mente, ela tocou um carpete macio. Quando conseguiu se equilibrar, estendeu a mão à cata de pistas sobre o lugar em que estava. Tocou a borda chanfrada de uma mesa familiar, encontrou o relógio de mesa exatamente onde o deixara e abaixou-se para pegar as cobertas de sua própria cama. Seguindo seu contorno, encontrou a janela e abriu as cortinas.

Mas nesse sonho, assim como em seus dias, não conseguia ver nada além de escuridão. Espalmou as mãos contra as vidraças, esperando que o sonho terminasse e outro começasse, mas o chão permaneceu firme sob seus pés. Deixou-se afundar em uma cadeira e abaixou a cabeça, pressionando a base das mãos em seus olhos inúteis.

Um relâmpago verde estrondou na escuridão.

Carolina captou a luz e congelou-a em sua mente com uma mistura feroz de lembrança e força de vontade. Ela havia ensinado a si mesma a se mover livremente em seus sonhos, mas nunca tentara mudar o sonho propriamente dito. Durante várias respirações entrecortadas, ela manteve a imagem cativa. Em seguida, desviou o olhar do raio para ver o que ele iluminava. Do lado de fora da janela, um penhasco mergulhava em um oceano negro. Uma espuma branca girava na base das rochas como fantasmas aflitos. Ela soltou um longo suspiro. Um relâmpago faiscou e a cena desapareceu.

– Não – Carolina disse. Levantou-se e começou a bater na janela, as lágrimas escorrendo pelo rosto. Sua mente corria pela escuridão, escancarando portas, derrubando móveis, buscando qualquer coisa que se lembrasse de já ter visto. Então, o relâmpago cintilou outra vez.

Carolina capturou-o antes que ele atingisse o solo, uma cicatriz denteada de luz prateada suspensa acima das chaminés negras de uma cidade adormecida. Ela estreitou os olhos para o raio incompleto até ele estremecer e se quebrar. Com uma varredura do olhar, ela lançou os fragmentos de luz pelo céu a leste como estrelas. Trovões ribombaram em seus ouvidos e um relâmpago cortou o céu novamente.

Suas estrelas mantiveram-se firmes sobre um deserto espectral. Outro raio descarregou sua carga na noite, mas ela o pegou antes que pudesse transformar areia em vidro, estilhaçou-o e iluminou o oeste. Trovões rugiram ao longe. A quilômetros dali, uma duna escura consumiu um raiozinho insignificante em perfeito silêncio. Carolina fechou os olhos e apagou a areia ondulante. Pensou por um instante e abriu-os no declive do pátio de Pietro e nas velhas colinas das terras de Turri.

Então, decidiu que já era hora de amanhecer e os primeiros raios de sol deslizaram pelo horizonte familiar.

❊

Quando acordou novamente, era de manhã. Os pássaros comemoravam nas árvores e uma abelha desorientada zumbia de parede a parede dentro da casa.

Carolina franziu o cenho. Depois, achou que Turri devia estar lá afinal de contas, observando-a dormir.

– Olá? – ela disse.

Ele não respondeu.

Carolina afastou as cobertas e fez uma rápida investigação: o pequeno tapete junto ao sofá, a escrivaninha atulhada com os livros dele, a cadeira, tudo vazio. Ela saiu para o topo da escada.

Um pássaro deslanchou um chamado longo, espalhafatoso, seguido imediatamente por um coro de zombarias e louvações que desapareceu gradualmente na conversa geralmente educada da floresta: pequenas notícias passadas entre vizinhos, saudações, comentários fortuitos.

– Turri – ela disse.

A palavra ricocheteou pelo lago e morreu nos galhos na margem distante.

Carolina voltou para dentro de casa e deixou a porta bater com força atrás de si. Os cortes em suas mãos e braços, despertados pelo movimento, começaram a doer. Deixou-se afundar no sofá.

Do lado de fora, passos cruzaram a grama molhada e subiram os degraus. A porta abriu-se de par em par.
– Turri – Carolina disse, levantando-se.
– Não – respondeu Pietro.

※

A cozinheira, que se considerava muito mais valiosa do que uma simples criada, sentia-se insultada por ter sido enviada para empacotar os pertences de Carolina.
– Todos se parecem iguais para mim – ela disse. – Não sei o que escolher.
– Sabe contar até sete? – Pietro perguntou-lhe. – Então, separe sete deles. Enviaremos alguém depois para pegar o resto.

Ele não disse nem uma palavra a Carolina enquanto a guiava através da floresta na longa caminhada de volta da casa do lago, e não se dirigia a ela agora. Durante toda a tarde, ela ouvira berros e confusão, conforme eram feitos os preparativos para algum tipo de viagem. Era orgulhosa demais para perguntar à cozinheira a respeito dos planos do marido. Mas agora ela viu sua oportunidade de arrancar uma resposta dele na presença da criada.
– Vamos ficar fora mais de uma semana? – ela perguntou.

A cozinheira interrompeu seu constante farfalhar de tecidos e papéis para ouvir.

Pietro colocou a mão no rosto de Carolina, tão delicadamente como sempre o fizera. Isso assustou Carolina mais do que seu silêncio.

– Diga a ela se houver mais alguma coisa que você queira – ele disse. – Nós não vamos mais voltar ao vale.

Ele beijou-lhe a testa e saiu. Carolina se preparou, esperando um ataque de escuridão, mas os contornos de seu quarto permaneceram bem distintos em sua mente, o pátio amplo e luminoso, o sol radiante no céu.

A cozinheira retomou seu trabalho. Ela resmungava e murmurava, empacotando braçadas de seda e tafetá no baú aberto.

– São treze – ela disse finalmente. – E ainda coloquei quatro pares de sapatos, para o que quer que lhe sirvam.

– Obrigada – disse Carolina.

Babolo trinou, indicando sua irritação com a intrusa.

– O que é isto? – a cozinheira perguntou, como se tivesse acabado de descobrir um camundongo no chão.

– O quê? – Carolina disse.

Uma voz de criança, que Carolina não conhecia, respondeu da porta.

– Trouxe um recado – a menina disse. – Para a condessa.

A cozinheira bateu a tampa do baú e fechou os trincos.

– Precisa de mais alguma coisa? – ela perguntou com exagerada cortesia.

– Não, obrigada – respondeu Carolina.

A cozinheira saiu batendo os pés, os passos carregados de insatisfação.

– Desculpe-me – a menina disse, a voz falseando sob a descortesia da mulher mais velha.

Carolina estendeu a mão.

– Não. Não se preocupe.

A menina colocou o envelope em sua mão.

– Você sabe ler? – Carolina perguntou-lhe.

– O senhor Turri me ensinou – disse a menina. – Quer que eu...

Carolina colocou a carta no colo e cobriu-a com as duas mãos. Ela sacudiu a cabeça.

– Obrigada – disse. – É só isso.

Com passos leves como os de uma fada, a menina virou-se e deixou o aposento. No meio das escadas, o som de seus passos desapareceu completamente, como se houvesse alçado voo repentinamente.

Carolina virou o envelope na mão apenas uma vez, sem curiosidade. O que quer que Turri prometesse ou explicasse, era tarde demais para mudar qualquer coisa. A lembrança dele a emocionava apenas levemente, como um sentimento de um sonho que permanece ainda por alguns instantes depois que acordamos. Mas, apesar do fato de estar bem acordada, elementos de seus sonhos enchiam sua mente. As galáxias que havia criado na noite anterior apareciam no céu da tarde, luzes brancas espalhadas pelo azul homogêneo. Ela piscou, transformou a tarde em crepúsculo e reordenou um punhado de estrelas em uma nova constelação. Em seguida, fez todo o aposento desaparecer e substituiu-o pelas margens familiares de seu lago. Não importava onde Pietro planejava levá-la. Ela podia criar seu próprio mundo.

Colocou a carta ao seu lado na cama e dirigiu-se ao seu baú. Abriu os trincos, tirou o vestido de cima e deixou-o cair no chão. Em seguida, pegou a máquina de escrever e o maço de papel preto de sua escrivaninha. Colocou a máquina em cima dos vestidos no baú e cobriu-a novamente com o outro vestido.

Em seguida, desceu as escadas, deixando a carta fechada sobre a cama.

※

Os cavalos remexiam-se, impacientes, ansiosos para partir.

– Muito bem – Pietro disse a Giovanni, que correra dos estábulos para carregar a bagagem na carruagem. – Um dia você será um excelente cocheiro.

– Posso correr mais rápido do que os cavalos velhos – Giovanni disse, sem fôlego.

– Cuidado aí! – o cocheiro gritou.

Pietro saiu de perto de Carolina para resgatar alguma última peça de bagagem de Giovanni. Um instante depois, foi acomodada no teto da carruagem com uma pancada satisfatória.

– Pronto – Pietro disse. – Isso é tudo.

– Giovanni – Carolina chamou.

O menino apressou-se a se apresentar à sua frente.

– Deixei Babolo no meu quarto – ela disse. – Receio que ele vá se sentir sozinho. Pode cuidar dele para mim?

Giovanni não respondeu.

– Tudo bem – Pietro disse, constrangido. – Não há necessidade de lágrimas.

Carolina estendeu a mão e Giovanni apertou-a contra seu peito de menino. Após um instante, ela se libertou delicadamente e se afastou.

Pietro conduziu-a à carruagem e ajudou-a a entrar. Em seguida, subiu, sentou-se ao seu lado e estendeu o braço para bater na porta. A carruagem começou a andar.

Carolina pôde sentir a carruagem dar a volta no pátio, descer até a linha de árvores e virar na estrada principal. Ela conhecia a descida da colina e a subida da seguinte, de onde a casa de Turri contemplava a plantação de seu pai. Ela passou pelos longos limites da propriedade de Turri sem virar a cabeça, mas, quando a carruagem atingiu o topo da colina seguinte, ela fechou os olhos e olhou pela janela.

O mundo inteiro que carregava com ela desenrolou-se em sua mente: as colinas douradas do vale, folhas escuras de limoeiros refletindo o céu azul e, além deles, a neve caindo em areias desertas, um barco singrando um oceano negro, homens marchando sobre folhas de outono, crianças brigando por seus lugares em um desfile, mulheres girando em uníssono em uma dança. Acima de tudo isso, um pequeno pássaro dava voltas sob as estrelas que ela criara, tão alto que ela sabia que mais ninguém no mundo podia vê-lo.

EPÍLOGO

— O que é? – o homem à escrivaninha perguntou. Seus cabelos continuavam tão negros quanto haviam sido quando criança, mas toda a juventude havia deixado seus olhos. A escrivaninha estava atulhada de tabelas e contas, e de uma seleção de instrumentos científicos que não fariam nenhum sentido para um cientista: um decantador com o gargalo curvo como um cisne; um complicado sextante; uma balança onde um lingote de ouro dividia o espaço em uma difícil tolerância com um punhado de pedras pretas brutas que brilhavam à luz da lareira.

O homem que o interrompera era um estranho e um criado, com roupas urbanas.

— *Signor* Turri? – ele perguntou. – Pellegrino Turri?

— Era meu pai – o outro homem disse, levantando-se. – Sou Antonio.

— Prazer em conhecê-lo – disse o criado. – Tenho uma entrega para seu pai. Um legado.

— Sinto muito, mas ele está morto – Antonio disse.

O criado ergueu as sobrancelhas, apenas levemente surpreso com os caprichos do destino.

– Nesse caso, acho que deve ser entregue ao senhor – ele disse. – Tem um irmão?

– Não – Antonio respondeu.

– O senhor pode assinar o recebimento?

Antonio assentiu.

O criado atravessou o aposento e colocou o pacote sobre a escrivaninha. Era do tamanho de uma pilha de quatro ou cinco livros, enrolado em um pano sujo.

– Da *Contessa* Carolina Fantoni – ele disse no que sem dúvida era seu tom oficial. – A ser devolvido a Pellegrino Turri após sua morte. – Sua voz adquiriu um tom de confidência. – Faz seis semanas. O advogado demorou um pouco a encontrá-lo.

– Moro aqui a minha vida inteira – Antonio disse.

– Sabe como são os homens da cidade – o criado disse. – Acham que qualquer coisa fora dos muros da cidade é território selvagem.

Enquanto falava, ele desatou alguns nós que prendiam o pano encardido. Os trapos soltaram-se, revelando uma pequena máquina, construída de delicados pinos com uma letra de metal na ponta, manchada com digitais sujas de fuligem.

– O que acha que é? – o criado perguntou.

– É uma máquina de escrever – Antonio disse, sentando-se outra vez para examiná-la melhor. – Meu pai a construiu.

O criado tocou uma das fileiras duplas de teclas. Um pino saltou para frente. Ele retirou a mão abruptamente.

– Para quê? – perguntou.

– Para que uma mulher cega pudesse escrever cartas – Antonio respondeu.

– A condessa! – o criado exclamou. Na emoção da descoberta, estendeu a mão para a máquina outra vez.

– Tem algum recibo para eu assinar? – Antonio perguntou.

O criado retirou a mão para revirar os bolsos. Após um instante, apresentou um papel amarrotado.

– Isso mesmo – ele disse, colocando-o sobre a mesa, ao lado da máquina. Indicou o lugar com dois dedos. – Aqui – falou.

Antonio puxou o papel para ele, assinou-o sem floreios e devolveu-o. Em seguida, abriu uma gaveta, encontrou uma moeda e entregou-a ao criado. O homem abriu um sorriso e virou-se para ir embora.

– Você a conheceu? – Antonio perguntou.

O homem virou-se novamente.

– Não exatamente, senhor, não – ele disse. – Mas a conhecia de vista. Ela viveu na cidade toda a sua vida, desde que se casou. – Esses eram sem dúvida os únicos fatos que ele sabia com certeza, mas ele hesitou, talvez se perguntando se poderia ganhar alguma coisa inventando outros mais.

– Obrigado – Antonio disse.

O criado lançou um último olhar à máquina, curiosidade misturando-se a nostalgia. Então, tocou no chapéu e saiu.

Depois que a porta se fechou atrás dele, Antonio colocou as palmas das mãos de cada lado da máquina, como se verificasse se não havia um coração pulsando. Acionou algumas teclas aleatoriamente e as varetas com pontas de impressão dançaram alegremente. Então, levantou a máquina da mesa, virou-se para a lareira e deixou-a cair no fogo.

Levou mais tempo do que ele imaginava para a madeira antiga pegar fogo. Por longos instantes, a máquina permaneceu intacta entre as chamas azuis e amarelas. Então, o fogo a encontrou e a forma graciosa foi obscurecida por uma efusão de ouro. Depois que a primeira explosão de fogo retrocedeu, as delicadas varetas de impressão continuaram a queimar por vários minutos, até que a madeira carbonizada cedeu e as brilhantes letras de metal caíram através da grade e desapareceram em cinzas brancas.

Agradecimentos

Agradeço imensamente a Kate McKean por ter se apaixonado pelo livro; a Pamela Dorman por dar a ele a chance de vir à luz e tanto a ela quanto a Julie Miesionczek por seu discernimento no processo de edição; a Roseanne Serra, Carla Bolte e Beena Kamlani e Sonya Cheuse por todo o trabalho para tornar o livro uma realidade; a Alexandra e Daniel Nayeri pela leitura cuidadosa; a Teju Cole por dar à história sua primeira aparição pública; a Kate Barrette por suas traduções do italiano; a Ian King por seu encorajamento; e a Webb Younce por sua gentileza com uma estranha. E a meus amigos e familiares, por tudo.

Este livro foi impresso na Editora JPA Ltda.
Av. Brasil, 10.600 – Rio de Janeiro – RJ
para a Editora Rocco Ltda.